AF236663

Mit Dank an Alexander,
Robin, Katja, Rahel, Alicia,
Darja und meinen Vater

Erstes Buch

In Furcht und Hoffnung

Bibliografische Information der Deutschen
Nationalbibliothek:

Die Deutsche Nationalbibliothek verzeichnet diese
Publikation in der Deutschen Nationalbibliografie;
detaillierte bibliografische Daten sind im Internet
über http://dnb.dnb.de abrufbar.

In Furcht und Hoffnung
von Emanuel Tobias Wiesner

Titelgestaltung: Robin Giesler

Herstellung und Verlag:
BoD – Books on Demand, Norderstett

ISBN: 9783755742357

Erste Auflage, 2021

Prolog

Die Natur singt ein wunderschönes und ruhiges Lied, sie erzählt von der Verheißung des Glücks. Tiere, die mit unterschiedlichen Lauten zueinander sprechen. Ein eindringliches Flüstern zwischen hier und dort, Leben unter jedem Grashalm.

Von hellem Pfeifen, über leises Schnattern bis hin zu tiefem Krächzen dringen all diese Stimmen an meine Ohren. So manch Schönheit dieser Welt, die nur von Gefühlen beschrieben werden kann, passiert doch so beiläufig. Langsam versteht der Körper, dass die Zeit gekommen ist und erwacht.

Danach der Wind, der Hauch dieser Welt und sogleich warme Luft auf der Haut. Eine nahezu perfekte Brise streift über den Leib.
Die Härchen auf meinen Armen stellen sich auf. Es sollte kalt werden, jeden Moment, jede Sekunde. Dennoch fühle ich nur mich – und wie alle Kraft der Sonne in mich fließt. Wie jede einzelne Pore das Licht in sich aufsaugt, als wären es kleine gierige Wesen. Energien, die von meinen Gliedern direkt in mein hungriges Herz fließen, lassen mich aus meinem Schlaf erwachen.
Es ist ein harter, aber warmer Untergrund auf dem ich liege, der sich leicht uneben an meinen Rücken schmiegt. Die Adern meiner Beine füllen sich mit

heißem Lebenssaft. Angestachelt von den Liedern um mich herum erstarkt mein Körper, mein Geist erhebt sich und mein Leben beginnt. Ich spüre wie eine unerschütterliche Macht mir die Augenlider bewegt, wie sie immer kräftiger wird.

Ich öffne meine Augen und ich sehe einen Traum. Einen Ort, der eine Symphonie meiner Gedanken repräsentiert. Diesen einen Ort, den ich Heimat nenne. Einen Platz, der nur für meine Seele geschaffen ist. Ein Ort, der nur für mich geschaffen ist. Fern von allem, was mich zweifeln ließe, an mir oder an den Menschen.

Ein Ort, so warm wie mein Herz. Ein Ort, so hell wie mein geisterhaftes Bild. Sternenlicht, das direkt meine Seele aufwärmt.

Mit müden Augen richte ich mich auf, sehe den weißen Marmor unter mir. Meine Hände nun da, um mich zu stützen. Ein Blick nach links, zu den sagenhaften Geräuschen.
Rot inmitten von blendendem Grün, das auf den ersten Blick alles zu verschlingen versucht. Aber das Rot behauptet sich.
Meine Glieder, eingerostet vom ewgen Schlaf, versuchen mich mit vereinten Kräften aufzurichten. Taumelnd, aber zielstrebig mache ich mich auf, um die Wiese zu betreten. Mein dunkles Beinkleid fällt bis zum Schienbein herab und umspielt dieses im

Takt des Windes. Mit jedem Schritt spüre ich meine Beine mehr und erlange dabei die Gewissheit, dass sie mich bestimmt ans Ende dieser Reise tragen werden.

Meine trübe, müde Sicht nun klarer, mein Verstand den Tiefen meines Geistes entstiegen. Einzelne Bilder tauchen vor mir auf, rätselhafte Umrisse zeigen Gesichter auf. Mit meinen Händen versuche ich die Erinnerung zu verscheuchen, strauchle und stürze auf meine Knie, die im weichen Gras landen. Das Bild ist fort, ich greife nach dem pulsierendem Grün. Meine Finger umschließen die Pflanzen, immer fester, mein Verstand beruhigt sich.

Frische Luft strömt in meine Lungen und schenkt mir meine Macht. Meine Füße spüren jeden Halm, jedes noch so kleine und große Gewächs. Die absolute Zufriedenheit, in die ich mich einwickeln will. Ein früher Sommer, den ich einatmen will. Blütenduft, der mir sagt: ich bin zu Hause.

Langsam entsteige ich dem kniehohen Teppich aus Blumen, der meine Heimstatt schmückt. Alle gesammelte Entschlossenheit fließt in meine Beine und presst meine Füße in den weichen Boden – ich setze an.

Eine Wiese, über die ich so schnell zu laufen vermag, wie niemals zuvor. So hoch springen kann, wie niemals zuvor. So weit sehen kann, wie niemals zuvor. So hoch und fern fliegen kann wie niemals zuvor.

Ein Ort, an dem das Einzige, was kontrolliert oder bestimmt, mein eigenes Glück ist. Der Weg zu diesem Zuhause ist nicht sichtbar, und genau das macht jeden Schritt erstrebenswert.

Nur wer seine Grenzen kennt, kann sie weiter stecken. Ich steige in die Sonne auf.

Erstes Kapitel: Zeitalter

Einst erzählte ich von Albträumen. Ich erzählte sehr viel darüber. Über alle Dämonen, die sich in mir auftaten. Über alles, vor dem ich Furcht verspürte, in mir. Über die grenzenlose zerstörerische Macht der Gedanken, meines Geistes und meiner Seele.

Bei der ich stets die Angst hatte, sie würde sich manifestieren – als unzählige bösartige Absichten. Dann als Taten und als Schmerz. Bei allen Dingen, die ich schwor und bei meinen Prinzipien. Die Dinge, die aus mir das machten, was ich einst war: Erian – das ist mein Name.

Dennoch werden die Möglichkeiten des Mannes, der ich hätte werden können immer weniger und weniger. Und schlussendlich bleibe nur ich selbst übrig. Und das ist jemand, der Angst hat. Jemand der noch mehr Ängste als jemals zuvor hat. Aber nicht vor den eigenen Dämonen. Vor den Untieren in anderen Menschen. Vor den Bestien, die Menschen sind.

Welch zerborstenes Herz auch immer in meiner Brust schlagen mag. Welch Geist in meinem Kopf sein mag und welch Emotionen in meinem Bauch sein mögen. Welch Seele all dies verbindet. Ich werde wieder auferstehen, im Glanz eines neuen

Zeitalters. Ich vermag sie nicht mehr zu zählen, die Leben. Alles Geschehene in einen Blick zu bekommen. Der Tod müsste sich mehrere Stunden Zeit nehmen, damit meine sterbliche Existenz noch einmal an mir vorbei ziehen könnte.

Ob ließ ich es vorbeiziehen, wartend auf eine bessere Zukunft, die mir meine Träume erfüllt. Und jedes Mal waren es genau diese allertiefsten Sehnsüchte, die zum Sarg des vorangegangenen Lebens führten.

Die Zeitalter, die nicht mit Pauken und Fanfaren eingeleitet werden würden, sondern mit einem einfachen Lächeln. Aber mit dem Gefühl dessen, dass es etwas Neues sein wird, dass auf dem Grab meiner Erinnerungen wachsen möge. Und offensichtlich lässt mich genau diese Freude weitermachen.

Dies ist gewiss, denn ich habe es erlebt. Öfter als ich es jemals wollte. Dann gibt es noch jene Momente, in denen das Streben nach etwas Höherem erlischt und der Geist sich niederlassen will. Sodass die angestrengte Seele endlich reisen kann, wohin diese will. Man weder Fesseln, noch Ketten im Kopf hat. Alles möglich ist. Aber man sich dennoch für eine Sache entscheidet: Für die des Herzens.

Denn ich vermag dem Menschen, der ich selbst im Herzen bin, nicht zu entfliehen. Gutes möchte man tun. Sich selbst hergeben, nicht für jemanden da zu sein, sondern wegen anderen hier zu sein.

All das geben, was man nie hatte und niemals erleben durfte.

Dies führt uns alle in dieser Reise immer wieder zu denselben Geschehnissen, die schließlich doch wieder Erinnerungen werden. Erinnerungen, die nur von Tränen getragen werden können. Den Schmerz als ständigen Begleiter akzeptiert jeder – ab einem gewissen Punkt. Nämlich dann, wenn der kalte Wind wieder durch das Innerste fegt, und nur aufwirbelt anstatt mit sich zu tragen. Nicht einmal warum ist gewiss. Es tut einfach nur weh.

Und auch dies ist gewiss. Ich habe es öfter erlebt, als ich es jemals wollte und öfter, als ich es jemals jemanden wünschen würde.

Man sieht sich zu dem Menschen hingezogen, der man gerne sein möchte. Zu diesem einen Ort – seinem Ort – möchte die Seele wieder gelangen. Ein Ort, den es nicht gibt, aber genau dort bin ich.

Zu viel Zeit, Jahrhunderte, scheinen vergangen. Dieser Ort, der für immer verloren gegangen mag.

Dieser Ort, der irgendwo in den hintersten Ecken meiner Erinnerungen existiert. Hinter so viel Trauer und Verzweiflung. Hinter all den Leben, die gelebt waren. Und dieses Grab, in dem eine Dekade oder gar Jahrtausende begraben liegen, will wieder geöffnet werden. Um Gewissheit zu erlangen und um die Wahrheit zu sehen. Nichts als die Wahrheit – fast um ein Ziel wegen – dass diese unendliche Erschöpfung ein Ende haben mag.

Abwägen, denn ohne Böses kann man das Gute nicht beschreiben. Ohne Fehler keine Schönheit, ohne Tränen kein Licht.
Aus der Finsternis die mir aufgebunden ward, entsteigen nun die Fragen. Sollte es einen Irrtum in meinem Leben gegeben haben? Diese Welt hat keinen Bestand ohne meine eigene Wahrheit. Die meiner Seele. Nach Ehrlichkeit zu suchen ist vergebens.

Allein aus dem Erlebten zu lernen schafft eine neue Version des Lebens. Lässt zu, dass man mehr aus sich macht, als man ist.
Und ich werde nicht daran zerbrechen wie gefrorenes Eis, das zu Boden stürzt! Niemals.
Und dies ist wohl das Allertraurigste was diese Welt jemals hervorzubringen vermocht hat.

Wie lange soll dies weitergehen? Wie oft soll ich noch fallen und wieder auferstehen unter neuen Propheten in meinem Geist? Wie oft müssen neue Stücke erdacht, neue Lieder gespielt werden, die mir Kraft geben?
Welche Talismane und Amulette werde ich tragen müssen? Welchen Teil meiner Selbst muss ich dieses

Mal vernichten? Wie lange muss ich noch so leben? Und endlich, hinter all diesen Wegen, erkenne ich es.

Mein Intellekt begreift, dass die Zeit selbst, die einen als Raubtier durch die Welt jagt, nicht allmächtig ist. Sie vermag es nicht alles aus zu radieren, was gelebt wurde. Nur die Seele ist dazu im Stande, Handlungen und Fehltritte vergessen zu machen. Sie zu einem neuen Teil von dem machen, was man werden kann. Wenn man nicht nach Wahrheit sondern nach Weisheit strebt.

Aus allem soll man Lernen. Für was lernen, stellt sich dann immer die Frage. Für das ultimative Glück, in das man sich betten kann? Vielleicht auch für die unwiderlegbare Tatsache, zu wissen, dass selbst aller Schmerz irgendwann ein Ende hat. Doch was ist dieser grausame Triumph des Lebens wenn man alles weiß? Alles immer und immer wieder erlebt zu haben und auch genau das in anderen Menschen findet.

Das alles führt dazu, dass ich diese unendliche Beschränktheit im Leben erkenne. Genauso wenig wie Gewinn das höchste Glück darstellt, stellt Verlust nicht das stärkste Leid dar.

Sollte Glück schenken nicht zum Glücklichsein führen? Das trifft wohl ab und an zu. Doch was, wenn das verursachte Glück sein eigenes Leid darstellt? Wenn alles, wofür man einsteht, zu Trauer führt? Wenn alles erzwungen wird? Niemand sollte etwas mehr lieben als sich selbst.

Der Gedanke daran, dass ich einst dachte, ich müsste der Welt das zurückgeben was ich ihr abverlangte. Eine gewisse Übelkeit macht sich in mir breit – denn ich wollte alles wieder gut machen. Ich wollte geben, was ich einst nahm.

Ich lebe nicht mehr in dieser Stadt, in dieser Ansammlung von Menschen. In der ich aber alles bekam, was ich mir damals erträumte. Und noch vieles mehr. Als ob alles, was ich erlebte, sich nach meinen Wünschen entwickelte. Aber leider auch noch sehr viel mehr. Mehr, als ein Mensch tragen oder erlebt haben sollte.

Mehr Erfahrungen und Erinnerungen als ich in meinem Kopf aufbewahren könnte. Es ist nur menschlich zu vergessen. Zu Verdrängen und wieder von vorne zu beginnen. Ständig begleitet von einer Sehnsucht nach dem Ende. Nach dem Ende allen Leids dieser Welt.

Man gibt so viel von sich, wird immer weniger und weniger. Bis nur noch das Herz selbst übrig bleibt und bei jedem Schlag dünner wird. Dann wäre es jedoch vorbei und meine Frage würde sich nie beantworten. Wofür soll der Mensch das alles lernen?

Und mit sicherer Hand führe ich meine Fingerspitzen gen Himmel,
auf dass dieses Licht möge erreichen meinen Geist,

damit das Herz, was gebrochen ward, wieder diese Luft atmen kann,
die mich einst fast um den Verstand brachte,

auf dass helle Sterne scheinen,
die Sonne weiter brennt,
dieser Planet weiterlebt,
diese Menschen lieben,

und mir erneut weisen den richtgen Weg,
damit ich zu dem finde,
was am weitesten entfernt war.

Nach all den Reisen zu fernen Orten,
was mich erkennen ließ,
dem Mann, der ich im Herzen bin, nicht zu entfliehen vermag.
Wo meine Seele vermag mich hin zu tragen,
ich werde es ehren, lieben und es mein Heim nennen.

Wird wieder der Mensch aus mir werden, der sich selbst liebt? Es ist nie leicht, als der zu leben, der man ist. Jeder Mensch hat sein Leben mit dem er zurecht kommen muss. Und beneidenswert sind die, die sich über solche Dinge keine Gedanken machen. Nach all den Lügen, nach all den Hieben und

Stichen, die mir zugefügt wurden, ist meine Seele immer weiter nach innen gewandert. Versteckt sich immer und immer mehr vor der Welt. Aus Furcht davor, dass sich alles wiederholen könnte. Doch wie könnte das geschehen, nachdem ich doch hoffentlich dazu gelernt habe?

Als die Züge am Bahnhof der Entscheidungen einfuhren, entschied ich mich wohl für den falschen. Um wieder Selbstmitleid zu verspüren? Nein! Nein, diesmal nicht!

Diesmal um die Erinnerung zu ehren und Erfahrung daraus werden zu lassen. Damit ich beim nächsten Sturz nicht wieder liegen bleibe, sondern gleich aufstehe.
Doch wo soll ich beginnen?
Meine retrospektiven Gedanken liegen dort. Sichtbar in der Ecke dieses riesigen Raumes, der nur schwach beleuchtet ist. Ich vermag diesen Raum zu benennen: Es ist mein Gedächtnis. Und darin – so soll es geschehen – werde ich alle Andenken an diese Zeit in mein Bewusstsein holen. Ob gar es schmerzen wird.

Soll ich rennen? Soll ich gehen? Soll ich kriechen? Soll ich mich schleppen zu meinem Ziel? Egal. Umso mehr ich das möchte – mich wieder zu finden – desto einfacher wird es wieder werden, so wie immer. Ich bin mir dessen bewusst. Und bewusst dessen, dass es Zeit dauert und jeder äußere Einfluss diese Zeitspanne verlängern wird.

Deshalb bin ich hier. Am Rande dieses riesigen finsteren Ortes, der am Ende meiner Seele liegen mag. Hier, in dieser Welt, die zwischen Raum und Zeit existiert, eingemauert in meinem Geist.

Ich bin wach und spüre meine Sinne. Doch in der realen Welt da draußen, existiere ich aus Materie. Erian, der unter dem Himmel der Erde wandelte und mit letzter Kraft diesen riesigen steinernen Sarg in seinem Geist erschuf. Er, der jetzt erstarrt ist und in einen langen und eisigen Schlaf der Heilung in der Welt über mir gefallen ist.

Ich bin dieser Mann, sein Abbild, seine Seele, die nach einem Ausweg sucht. Dieses Grab, geschaffen von meiner Seele, ist alles, was noch von mir existiert.

Die Welt da draußen steht still und dreht sich nicht mehr. Dies ist meine letzte Zuflucht und ich habe mich hierher begeben, mich eingeschlossen, um meine gebrochene Seele zu bewahren und nicht zu vergehen. Und um mich zu reparieren.

Zweites Kapitel: Memorium

Ich sehe auf dunkle, fast schwarze Erde herab. Zwischen meinen nackten Zehen ist der Boden feucht – dicke graue Flocken sind zu sehen. Mein Blick sucht nach den Wänden, vielleicht gar nach einer Tür, um schnell entfliehen zu können. Es riecht modrig und verbrannt, als ob alle Verbindungen zu der Welt außerhalb vom Feuer vernichtet wurden. Ich atme tief ein und spüre die Aggressivität der Zerstörung, die hier ihr Werk getan. Ich fühle mich so unendlich verloren, an diesem so abscheulichen Ort, der mir aber doch so vertraut vorkommt.

Ein Teil von mir trachtet nach einem Ausgang, nach dem Tor nach draußen in die Welt – doch ohne Angst kein Mut. Ich versuche mich zu beruhigen, erkunde meine Umgebung.

Verkohlte Holzbalken lehnen an vereinzelt stehenden Wänden, die vor nicht allzu langer Zeit noch hell geleuchtet haben mögen. Nun sind sie zu einem Echo des schwarzen Bodens geworden. Hier und da sehe ich einzelne dünne Rauchsäulen aufsteigen. An manchen Stellen dieser Überreste ist noch zu erkennen, wie kunstvoll diese Wände einst gezimmert waren. Viele große und ein Paar kleinere ausgebrannte Bäume schicken ihre teils mächtigen Wurzeln in das weitflächige Gebiet.

Vielleicht mag es eine Stadt gewesen sein, eine Ansammlung aus Steinen und Bäumen, das Inferno hat jedoch alles verschlungen. Eine niedergebrannte, riesige Ruine. Hier und da stehen noch zwei, von manchen Häusern sogar noch drei Wände. Ihrer Größe wegen erinnern diese eher an kleine, niedrige Hütten aus Stein. Bauwerke, die ohne bestimmte Anordnung hier errichtet wurden.

Viel mehr als eine Halle ist dies, es ist ein Teil meiner selbst, mein Königreich. Ein armseliges Land, wenn ich mich genauer umsehe. Doch mir bleibt keine Wahl, ich bin aus einem Grund hier. Meine Schritte tragen mich mehr lustlos als zielführend zwischen diesen verklungenen Echos der Vergangenheit hin und her.

Ich entdecke einen toten Baumstamm, der eine Art Schrift zu tragen scheint. Die Zeichen schienen mit dem Baum vom Boden nach oben gewachsen zu sein. Eine fremde, vergessene Sprache schickt meine Augen weiter aufwärts, bis das letzte Schriftzeichen im Nichts verschwindet. Ich kneife die Augen zusammen und versuche besser zu sehen, aber ich sehe keine verbrannte Decke über mir. Dafür ertasten meine Sinne nur eine weit, weit entfernte Finsternis.

Es ist kein dunkler Himmel über mir zu erkennen auch keine Wolken. Ebenso keine Sterne, kein Mond, nicht einmal ein Flimmern. Eine ewig während Schwärze strengt meine geweiteten Pupillen an. Je weiter ich versuche in diese Unendlichkeit einzudringen, umso drückender wird ein alarmierendes Gefühl hinter meinen Augen. Daher zwinge ich mich wieder, ziellos auf den Grund zu glotzen.

Dieser Ort wirkt dennoch wie ein monumentaler Käfig, denn meine Sinne vermuten irgendwo über mir doch Endlichkeit und einen niedrig hängenden Himmel. Nirgendwo kann ich einen Ausgang, ein Tor, oder eine Begrenzung dieses Ortes erkennen.

Es ist ein tristes und muffiges Verlies, aber es meines. Und in meinem Geist herrsche ich, kann ich alles sein.
Meine angestrengten Augen erkennen jetzt viele zerbrochene Artefakte, die in der schwarzen Erde verteilt liegen. Diese werfen das schwache Licht, das wohl meine eigene Präsenz ausstrahlt, zurück.
Die Ränder der Scherben sind von dickem Ruß bedeckt. Einige davon liegen unter verbrannten Baumwurzeln und sind kaum zu erkennen. Ich gehe darauf zu, die glitschige Erde unter meinen Füßen schiebt sich in alle Richtungen davon. Bei jedem Schritt versinken meine Füße im Morast.

Eine dieser Glasscherben hat in etwa die Größe meiner Hand. Ich gehe in die Hocke um den Splitter genauer in Augenschein zu nehmen. Noch bevor ich meinen Arm ausstrecken kann, lenkt ein leises Summen meine Aufmerksamkeit wieder in die Dunkelheit hinein – zum Ende dieses seelischen Fundaments.

Dort sehe ich weißliches, pulsierendes Licht am Horizont dieses Ortes. Ein viereckiges Etwas leuchtet in kurzen Abständen hell auf und gibt sich mir dadurch zu erkennen. Obwohl das Gebilde für das Auge unerkennbar weit weg ist, kann ich es kurz sehen, bevor es letztendlich verschwindet.
Ein Rahmen wurde mir gezeigt – vielleicht aus Holz oder Metall – mitten im Nichts meines Geistes. Mannshoch, die Ränder selbst hatten das Licht ausgestrahlt. Oder vielleicht ein Gerüst, eine Bauhilfe für mich?
Nachdem es sich soeben noch deutlich bemerkbar gemacht hatte, ist das einzige Licht wieder mein eigenes.

Die Asche unter mir fühlt sich nass an, denn vor einigen Tagen vermochte ich der Feuersbrunst endlich Einhalt zu gebieten. Ich konnte weinen und so brannt' es nicht mehr im Herzen. Das strömende Wasser hat mit seiner Wucht offenbar alles zertrümmert, was nicht bereits den Flammen anheim fiel. Ich blicke über die Bäume zurück zu meiner Scherbe und versuche diese behutsam heraus zu ziehen. Mit einem Ruck gibt die Pfahlwurzel dann das Stück Glas frei und überlässt es seinem Besitzer.

Ein sengender Schmerz zuckt durch meine rechte Hand, ich lasse die Scherbe fallen. Während sie fällt, habe ich wahnsinnige Angst, dass sie noch mehr splittern könnte. Sie schlägt im Dreck auf, macht noch einen Satz und bleibt liegen, bei ein paar anderen Stücken. Warmes Blut tropft von meiner Hand.

Immer habe ich all die Versuche, die andere unternahmen mir zu helfen, abgeblockt. Ich wollte diese Last mit niemandem teilen. Es war meine Aufgabe damit weiter zu leben. Und als ich auf die kleine Wunde an meinem Daumen sehe, verspüre ich Befriedigung.
Denn dies ist mein Geist, hier muss ich noch mehr auf mich Acht geben. Niemand anderes außer mir selbst hat die Kontrolle darüber, nicht mehr. Wenn ein anderer Mensch mit Gewalt dort hinein wollte, habe ich ihn mit genau dieser Gewalt wieder aus dem Raum geworfen. Niemand hat etwas in meinem Geist oder meinen Gedanken zu suchen.

Ich nehme die Spiegelscherbe wieder in die Hand und wische mit der anderen ganz vorsichtig den Schmutz herunter. Ich will mich ja nicht wieder verletzten, wobei ich weiß, dass es ohne nicht geht. Aber das ist jetzt egal. Es gibt eine Aufgabe zu erledigen. Ich betrachte die Scherbe in meiner Hand genau. Ein blutverschmierter Rand rahmt das Bildnis ein.

Verschwommene, graue Formen zeichnen sich auf dem Stück Glas ab – die beginnen, sich langsam zu bewegen und einen Gedanken preisgeben.

Die Bilder werden zu einer bewegten Erinnerung, die immer schneller voranschreitet. Die aschenen Gesichter werden zu schneeweißen, glühenden Lichtern, die langsam aber stetig den Rand der Scherbe verlassen. Vor mir entsteht eine Szene und immer mehr Teile dieses Films wandern aus meiner Hand auf den Platz direkt vor mir.

Ich versuche, die Scherbe loszulassen – aber ohne Erfolg. Es ist zu spät.

Es ist eine Aufzeichnung, in der ich sehe, wie eine der Wände zerbricht. Größere Steinbrocken fallen herunter, kleinere fliegen in meinem Seelenreich herum. Ein Sturm kündigt sich an.

Das grelle Licht der Scherbe versiegt langsam und stirbt. Mitten auf diesem Feld der Erinnerungen sehe ich nun mich selbst und jemand anderen bei einigen der Spiegelsplitter. Die zweite Person ist nur als farbloser Schemen zu erkennen.

Ich schaue aus einigen Metern Entfernung zu, was da passiert. Mein früheres Selbst rennt zu der Person, die gerade die Bruchstücke aus Glas neugierig betrachtet. Mit einem Grinsen mustert sie meine Gedanken, meine Geschichte, mein Leben. Er, leibhaftig ich selbst, versucht sie mit fuchtelnden

Armen und verzweifelten Wörtern von ihrer Absicht abzubringen.

Die andere Person beugt sich hinunter zu dem kleinen Berg meiner schmerzhaften Erinnerungen. Sie blickt in ein Stück hinein, und sieht sich die andere Welt an, die dahinter abläuft. Minuten scheinen zu vergehen, bis er bei dem Eindringling in Zeitlupe ankommt und ebenfalls hinein schaut. Weißes Licht brennt in beider Augen. Tränen. Unermessliche Traurigkeit ist auf seinem Gesicht zu erkennen. Endlich reißt er ihr das Stück aus der Hand und lässt es zu Boden fallen. Dann sieht dieser andere Erian zu dem Schemen auf und stellt sich so vor diesen, dass er zwischen den Gedanken und dem unerwünschten Gast steht. Gestikulierend bittet er den Geist zu gehen, doch dieser zeigt unablässig Entschlossenheit zu bleiben. Die beiden diskutieren und die Erscheinung hebt die Arme, deutet eine Umarmung an.

Es ist ein groteskes, faszinierendes aber auch krankhaftes Schauspiel, dass sich da vor mir abspielt. Ich sehe mich, fühle mich selbst – aber bin nur Zuschauer.

Mein Doppelgänger öffnet den Mund – sein Mienenspiel deutet einen Schrei an. Und Erian brüllt in Richtung der anderen Seele: „Bis hierhin und nicht weiter!"

Und tatsächlich macht der Geist einen Schritt zurück. „Hinaus!", grölt er. Das andere Wesen scheint einen Moment zu überlegen, verblasst aber im nächsten. Es verschwindet in die Endlichkeit zwischen mir und der Welt da draußen.

Niemals wollte ich Abneigung für andere so kundtun, aber geteiltes Leid ist nicht halbes Leid, sondern doppeltes.
Es nicht zu teilen ist ein Gewinn für beide.

Dieser ganze Ausschnitt aus meinen Andenken an die Vergangenheit reduziert sich nun wieder auf die Scherbe in meiner Hand. Damit bin ich wieder alleine vor dem kleinen Berg aus Lebensinhalten. Der Film, die kurze Geschichte, ist zu Ende. Und ich schaue mich um. Alles wie vorher, Stille und ver-brannte Luft. Doch plötzlich beginnt das Fragment in meiner Hand zu summen.
Es bebt und leuchtet kurz in einem gleißend violetten Lichtstrahl auf. Es ist so hell, dass ich die Augen eilig schließen muss – und mit einem Mal ist es wieder dunkel.

Auf dem, was ich jetzt in der Hand halte, zeichnet sich erneut ein Bild ab. Die blitzende Helligkeit brennt in meinem Kopf immer noch schwach nach, aber ich erkenne jetzt lilafarbene Umrisse. Aber keine aus meiner Erinnerung – wie ich feststelle, als ich das Fragment leicht hin und her bewege.

Die Aura meines Gesichts wird nun deutlicher, bleibt aber verzerrt. Ich bin ein Tier, welches sich selbst im Spiegel sieht.

Dieses Stück, das von Staub und Schmutz überzogen ward, glänzt nun vor Stolz. Hat es doch seine wahre Bestimmung wieder gefunden. Es ist gereinigt und spiegelt wieder.

Als ich es fast liebevoll betrachte, beschließe ich, Zuneigung für dieses Stück Geschichte zu empfinden. Ob es denn jemals wieder Teil von etwas werden möchte?

Andächtig betrachte ich diese Facette meiner Selbst. Scharfe Ecken, die verheerende Wunden zufügen können, aber auch weiche, fast abgerundete Kanten zeigen die einzelnen Schichten aus denen es besteht. Die Teile, aus denen meine Existenz gebaut. Und so gehe mit dem Fragment in meiner Hand in dieser Halle umher. An diesem Ort, der einen Namen braucht.

Dieser Ort bewahrt meine Erinnerungen. Alles hier stets beleuchtet durch meine Aura, meine helle aber farblose Ausstrahlung. Ja, so nenne ich es – mein Memorium.

Als ich mich wieder und wieder umschaue, stelle ich etwas fest. Nämlich, dass dieses Gefängnis ohne Dach eigentlich sehr schön sein könnte. Unter dem rußigen Überzug der Wände sind einzelne Steine zu erkennen. Unterschiedlich geformt, spitz, einige groß wie eine Hand, andere um ein Vielfaches größer.

Ich fühle, dass diese Steine von einer für mich unsichtbaren Kraft zusammengehalten werden. Diese Macht ist verborgen aber aufdringlich spürbar – in den Weiten meines Geistes.

Und so irre ich durch das Gewölbe, zeitlos und ohne Emotionen. Ich versuche mehr zu erfahren, das Stück Erinnerung noch immer in meiner Hand. Ich sehe mannshohe Torbögen, die sich immer wieder vor mir auftun, andere Andenken an mein Leben. Mehrmals durchschreite ich diese, einzelne Bögen inmitten dieser kargen Landschaft. Eine immer größere Anzahl an Abbiegungen und Wegen stellen das Bild, das ich sehe, dar. Die Ruinen sind allesamt leer, nur Asche und Staub am Boden – keine verbrannten Relikte.

Kein Traum ist dies hier. Keine Stimmen, kein Gefühl von Taubheit, kein Gefühl von Angst, kein Gefühl. Keine Zeit und keine Schmerzen im Kopf. Freiheit – düster und klar – in den Tiefen meiner Seele. Unsicheren Schrittes versuche ich zurück an den Ort zu gehen, an dem ich hier erwacht bin. Noch bevor ich all diese Wege zu ergründen vermag, möchte ich erst dort verweilen. Verweilen, um diesen Ort zu dem zu machen, was er sein sollte. Meinem Geist eine Zuflucht.

Meine nackten Füße haben sich selbst einen Weg gesucht und spüren nun wärmeren Boden unter sich. Ich bleibe stehen und sehe einige qualmende Äste. Meine Umgebung musternd hätte ich fast den kleinen Haufen vor mir übersehen. Ich gehe auf die Knie und blicke auf den grauschwarzen Ascherest, die Luft darüber flimmert. Ich führe meine freie Hand gen Boden.

Als ob ich lesen möchte, was auf dem Grund geschrieben steht, schiebe ich den heißen Staub behutsam und langsam zur Seite. Als ob dies eine Ausgrabungsstätte kulturellen Erbes ist – mache ich vorsichtig Platz. Einen Platz der nicht von staubigen Emotionen belegt ist. Ich lege das Fragment mit mütterlicher Zuneigung in die Mitte. Sanft taucht dieses Stück meiner Erscheinung bis zur Hälfte in die Asche. Und wieder erkenne ich meine eigenen Umrisse, die einen dunklen breiten Rahmen besitzen, als ob dies eine Zeichnung wäre.

Ich erhebe meinen Körper und ein Gefühl von gewisser Leichtigkeit überkommt mich. Dennoch schmerzen meine Schultern. Die meiste Zeit, die verstreicht, spüre ich diese Last nicht. Sie ist ein Teil von mir, wie meine Schultern selbst. Ich glaube, ich erkenne ich meine Aufgabe, mein Ziel, das ich erreichen will. Allerdings kann ich es mir selbst weder erklären noch klare Gedanken fassen. Warum ich so handle? Ich weiß es einfach.

In der Ferne ist ein Leuchten zu sehen. Mit geschlossenen Augen gehe ich dorthin. Stille und Ruhe. Ich bin mir meiner Selbst bewusst, spüre meinen leuchtenden Körper.

Die Luft wird kühl aber dennoch angenehm – es riecht nach altem Stein. Je näher ich komme, umso mehr vermag ich zu hören. Ich höre mich, vernehme Stimmen und sehe durch den ganzen Staub verschwommene Bilder auf einem weiteren Splitter.

Ich gehe weiter auf diese Erinnerung zu – voller Vorsicht nähere ich mich und versuche nicht zu denken. Unerklärliche Angst macht sich in meiner Brust breit. Eine Furcht, die mir allzu vertraut ist. Ich strecke meine Hand aus, um wieder ein Stück von mir aufzuheben, aber ich weiche zurück.

Wie ich es wohl am wenigsten schmerzhaft machen kann, frage ich mich. Eine Frage, die ich mir wohl schon oft gestellt haben muss.
Vorsichtig, um mich nicht wieder zu verletzen, greife ich nach einem Teil das ebenso einmal zu etwas Ganzem gehörte. Es hat eine andere Form und ist etwas kleiner – aber deutlich schwerer. Ich muss einiges an Kraft aufwenden um es hoch zu heben.

Nachdem ich den Staub weg gepustet habe, beginnt sich in meiner Hand ein Film abzuspielen. Wie in einen Trichter werde ich hineingezogen. Mein

Körper geht in dem Gedanken auf und ich bin wieder inmitten von Erlebtem aus einem anderen Zeitalter.

Erneut ist jemand bei mir, ich bin nicht mehr alleine in meinem Memorium. Ich sehe, wie ich aus einem ganzen Berg von Erinnerungen eine einzige Glasscherbe nehme. Demütig halte ich es wie ein offenes Buch mit beiden Händen vor mich und senke den Blick. Das andere Wesen legt beide Hände auf das Buch und sieht tief in dieses Portal zu meinen Gedanken und Ängsten hinein. Sekunden vergehen, ohne dass etwas passiert oder auch nur der leiseste Ton zu hören ist.

Es ist ein altes Buch, gelbe, von der Witterung gegerbte Seiten, die Ränder sind eingerissen – wunderschön. Das leise Wimmern eines Mädchens dringt an mein Ohr. Und fast kann ich die Tränen fallen hören, die die Zeilen ihr aufbürden. Das Weinen wird lauter und nimmt an Intensität zu, ein schneidendes Stöhnen entspringt ihrer Kehle.

Mit einem schmerzerfüllten Schrei lässt sie vom Buch ab und taumelt davon weg. Mein anderes Ich macht das Buch zu, lässt es fallen und eilt zu der jungen Frau – welche weinend ihre verbrannten Hände betrachtet. Sichtlich krankhaft, irgendwie apathisch werde ich umarmt und auch diese Erinnerung verblasst.

Es ist dunkel, düster, schwarz, lichtschwach. Ich bewege das Fragment in meiner Hand hin und her, da es wieder leblos erscheint. Ich wusste nicht, warum es so schnell zu Ende war, diese Reflektion. Als ob bei einem Film die Rolle gewechselt werden muss. In Ermangelung einer besseren Idee fange ich an das Fragment zu schütteln und daran zu horchen, aber es tut sich nichts.

Ich möchte aufstehen, um es zu dem anderen im Aschehaufen zu bringen, doch es zeigt wieder etwas. Der Filmriss mag zu Ende sein.

Ich sehe wieder diese Szene, das Mädchen in Lumpen mir gegenüber. Es sieht mich musternd an und hält in der Hand eine meiner Scherben.

Mit dem Daumen fährt es mehrmals über die scharfen Kanten, als ob es sehen möchte, wie scharf und verletzend es sein kann.

Ein Déjà-Vu überkommt mich, als ich das verinnerliche. Meine Brust beginnt zu schmerzen, doch ich beobachte die junge Frau mit dem alten Kleid weiterhin. Ihr Blick wirkt entschlossen, ihr Gesicht härter und mein Herz wird schwerer.

Aus einem urtümlichen Gedanken, der tief aus meinem Geist kommt, wird mir klar, dass ich mich selbst beschützen muss. Ich zwänge mich in dieses Bild, in dem ich bereits einmal vertreten bin, hinein. Wie durch einen niedrigen Höhleneingang schlüpfe ich in diese Erinnerung – beginnend auf die beiden zu zustürmen. Ich erlebe diese Situation also hautnah nochmals, nicht als Film. Ich renne auf die beiden zu – sie dreht den Kopf.

Unmöglich! Erkennt sie mich? Den Zuschauer? Niemand kann die Geschichte beeinflussen, nicht einmal ich! Aber sie sieht mich direkt an. Als ich näher komme, macht ihr Blick klar, dass sie die Scherbe benutzen möchte. Drohend holt sie aus, greift mich gar mit ihrem Zorn an. Ich will es verhindern, greife nach dem Stück und – spüre nichts.

Ein roter Streifen. Ich kann nicht mehr eingreifen. Ich stehe direkt neben mir selbst. Ein angenehmer, warmer und pochender Schmerz – mein Herz. Das kleine Glas steckt in meiner Brust. Und ich muss zusehen. Ich wende mich ab. Schließe meine Augen fester als jemals zuvor, in der Hoffnung, diese Erinnerung verlassen zu können.

Ich stehe wieder inmitten meines Gewölbes. Meine Welt, die Düsternis über mir, die dunklen einsamen Bäume und der Boden bekommen einen blutroten Ton. Ich sacke zusammen und mein Gedanke gleitet mir aus der Hand. Es ist gerade eben passiert, so sehr schmerzt es. Doch bevor mein Verstand sich dem Schmerz hingibt sehe ich, dass sich die Erinnerung verschließt und das Licht verblasst.

Der Schmerz in meiner Brust strebt von meinem Zentrum in alle Teile meines Leibes und schneidet heiß zu meinem Haupt hinauf.

Aber als ich an mir herabsehe, bemerke ich, dass ich nicht verletzt bin. Äußerlich zumindest nicht. Der rote Schleier vor mir fällt und das einzige was zu existieren vermag ist das Leid in meinem Herzen.

Ich erhebe mich mit all der Kraft, die ich aus diesen Schmerz nehmen kann und konzentriere mich darauf, nicht wieder auf die Knie zu fallen – nicht wieder zu sterben. All das mag auf meinen Schultern liegen und mich wieder nach unten zwingen.

Jede Faser meiner Muskeln ist angespannt und brennt wie blaues Feuer. Säure schießt durch meine Venen – ich zerbreche fast daran. Mit einem brachialem Schlag nach unten zerberste ich diese Gedanken, die mich nur wieder in die unendliche Tiefe der Trauer ziehen wollen. Meine Faust leitet alle negative Energie in den Morast ab.

Ich öffne die Augen und starre gerade aus. Ich bin wieder da, wie eine zeitlose Statue stehe ich in meinem Geist. Mit einem kleinem Teil mehr Klarheit finde ich wieder zu mir. Mein Brustkorb vibriert, hebt sich und senkt sich schlussendlich wieder. Ich atme und ein neues, aber dennoch bekanntes Gefühl gleitet in meine Seele. Und ich fühle mich stärker als der kleine Mensch, der immer wieder geprügelt wurde.
Mit diesem neuen Mut beuge ich mich dem Fragment am Boden entgegen und stelle fest, dass

dieses ebenfalls zu spiegeln begonnen hat. Ich sehe meine Hand darin, wie sie danach greift. Meine Hand umschließt es fest, als wäre das, was verletzt hatte dennoch wichtig. Es ist gut – und ich bringe es endlich zu dem anderen. Zwei habe ich. Verbleiben noch eine ungewisse Zahl von Andenken, an Zeiten vor dieser.

Ich habe Angst. Furcht davor, wieder als Lügner dazustehen. Vor mir selbst. Und diese Angst neigt sich dem Unendlichen, weil ich nicht weiß, ob ich einer bin, denn ich habe zu viel verloren um mich selbst erkennen zu können.

Ich bemerke, wie mein Herz beginnt, sich schützen zu wollen. Wie es einen Schild schützend vor sich hält, als ob ihm klar wäre, wie bedeutsam es für mich ist. Eine zweite und eine dritte Haut bildet sich. Und verschmilzt mit den Fasern darunter zu einer Art Hornhaut auf dem Muskel des Lebens.
Langsam lasse ich mich nach hinten fallen, stütze mich mit beiden Händen ab, und beruhige mich wieder.
Wie an einem Strand am Meer liege ich auf den rücklings da und sehe nach oben. In aller Ferne kann ich Wolken ausmachen. Es sind triste, dicke Wolken, die offensichtlich nur hier sind, um mich scheitern zu sehen. Als ob ich ihr Lachen, den Sturm und das Gewitter hören könnte, so kommt es mir fast vor. Dieses Mal nicht.

Ich konzentriere mich. Entschlossen zerre ich die Wolken mit aller Kraft im Geiste auseinander. Ich hebe meine Hände und versuche mit den Fingern zwischen die Wolken zu schlüpfen, als stünden diese direkt vor mir und würden nicht am Himmel hängen. Mit meinen Armen schiebe ich sie beiseite, als würde ich sie tatsächlich berühren.

Die Düsternis weicht und macht Symbolen und Zeichen Platz. Es sind Wörter, die mit Sternenlicht am Himmel geschrieben sind. Ich lasse von den Wolken ab und gebe der Botschaft Zeit – bis diese zu einem verständlichen Gruß aus dem Diesseits werden. Und schlafe erschöpft ein.

Deine Flügel ...

gib ihnen Zeit zu wachsen.
Lass sie Kraft sammeln, wie Schmetterlinge die glitzernden Tautropfen von den Blütenblättern des Lebens und du wirst
eine atemberaubende Leichtigkeit verspüren,
sprühend vor Lebendigkeit. Dann spanne sie weit aus,
spüre die wieder gewonnene Macht,
und fliege fern, ferner und bis zum äußersten Meer.
Lass den Wind durch jede einzelne deiner weißen Federn ziehen,
die jene Melodie deines Herzens zuflüstern,
die du längst vergessen hattest,
aber dir doch jene unvergleichliche Seelenfärbung verlieh.

Nach einem traum- und zeitlosen Schlaf ist es wieder dunkel. Immer noch so dunkel. Erschöpft zwinge ich mich zum Denken. Ich muss mich konzentrieren um wieder sehen zu können. Ich will hier etwas besser machen. Ich will wieder leuchten und mich entfalten – fliegen übers Meer. Möchte wieder leben. Wieder meine Gedanken führen können.

Keine eintausend Stimmen und Sätze in meinem Kopf, die mich zu dem verletzbaren kleinen Kind machen. Das schuldige Kind, das ich war, bevor ich mich hierher zurückzog. Zu einem Tier, das hinkt und deswegen als erstes gejagt werden wird.

Ich beherrsche mich und balle meine Hände zu Fäusten, als wären sie für keinen anderen Zweck bestimmt. Ich versuche alles was ich habe zu kanalisieren, um aus diesem Ort ein Heim zu machen. Schließlich muss ich ganz unten anfangen, den Keim dieses Leids zu ergründen. Herausfinden, was mich zu dieser Odyssee geführt. Würde ich das nicht tun, kämen all diese Gedanken zu einer falschen Zeit. Und genau das würde mich schließlich in den Abgrund stürzen.

Etwas tut sich. Meine Empathie ist also doch nicht in den Zeitaltern verloren gegangen. Ich fühle eine Regung die nicht hätte weniger deutlich sein können. Schwacher, als dass es einem Menschen ähnelt, aber dennoch vertraut. Es stammt aus einem anderen Teil dieser Provinz meiner Herrschaft, die nicht weiter entfernt sein kann, als ich zu fühlen vermag. Die Schwingung kommt nun aus einer ganz deutlichen Richtung. Ich blicke dorthin, aber sehe nichts. Nur die erweiterte Wahrnehmung meines Geistes vermag dort etwas zu fühlen. Meine Augen waren dafür nicht mächtig genug. Aber gut genug um aus den Augenwinkeln zu erkennen, dass sich irgendwo wieder ein Splitter bemerkbar gemacht hat.

Dunkle Schatten streifen um mich herum. Huschen an mir vorbei, als wären es hunderte Gespenster, die nur ein Ziel verfolgen. Allem Anschein nach bin ich hier nicht erwünscht.
Sie winden sich, tanzen und sind dabei eine Symbiose aus schwarzem Nebel und langen dunklen Bändern. Das Schauspiel wirk wie Stoff, der im Wind flattert. Viel plumper als irgendwelche Ungeheuer mit großen Klauen.

Erneut schließe ich gespannt meine Augen und versuche mehr zu sehen. Konzentriere mich ganz allein auf die Reize, die ich über meine Ohren und meine Haut wahrzunehmen vermag. Ich hebe die Hände um mit ihnen zu sehen – um mit dem wohl für mich empfindlichsten Sinnesorgan zu begreifen. Ich spüre wie meine Hände sich drehen um die ganze Umgebung aufzusaugen, zu verstehen. Ich erweitere meine Sinne auf meine Ohren. Als ob ich mein Trommelfell kontrollieren könnte, spüre ich seine Zuckungen wenn ich mein eigenes Atmen höre. Ich hebe meine Arme noch weiter nach oben. Mein Gehör hat fast wieder die Schärfe erreicht, mit der ich als Kind alles zu hören vermochte. Ich bin bereit.

Ein leichtes Kribbeln, fast nicht zu spüren. Eine sanfte Bewegung, die mich mehr an eine verspielte Liebkosung als an etwas Böses erinnert. Doch an was vermag ich mich schon zu erinnern? Hier inmitten aller? Am Ende aller Dinge? In mir selbst?
Die leichte Berührung gleitet durch meine Fingerspitzen in meine Handfläche, kitzelt meine Haut. Und dennoch: meine Adern pulsieren. Meine Hand gibt eine eigenartige Empfindung ab – es macht den Eindruck als wäre es kälter geworden, dennoch nicht am ganzen Körper.
Die Empfindung schnellt jetzt an der Innenseite meines Unterarms hinab. Sie schlägt nach meinem Ellenbogen einen Haken am Oberarm entlang. Ein eisiges Gefühl in einem Bein macht sich breit. Nicht zu beschreiben in welchem Bein – meine Augenlider zucken. Mein rechter ausgestreckter Arm ist nun völlig kalt und ich vermag ihn nur noch teilweise wahrzunehmen. Als ob die Kälte eine Form angenommen hätte, verspüre ich etwas Scharfes an meinem Hals und bemerke, dass meine Schulter gefroren zu sein scheint. Meine Gedanken kreischen. Meine Zähne knirschen. Ich erwache. Und ich bürde dem Schleier, der mittlerweile fast meine Brust

erreicht hatte, meine ganze über Monate hinweg gesammelte Wut auf. Ich werfe diesen mit einem von Hass getränkten bestialischen Schlag schreiend zu Boden. Ich erwarte einen so lauten Schlag, dass ich mein Trommelfell wieder zu verschließen versuche. Ich spanne meine Muskeln so enorm an, dass mich nichts von diesem Boden reißen könnte.

Es ist kaum hörbar. Ein leises Zischen, wäre es nur das Hintergrundrauschen, verursacht durch den Luftzug der hier ab und an zu verspüren war. Als hätten meine Füße sich in den Boden gegraben und alles, was man an mir sehen konnte, sich in Marmor verwandeln würde. So stehe ich da.
Aber ich stehe noch. Dennoch kann es nicht vorbei sein, sage ich mir. Erst nach vielen Sekunden vermag ich meine Augen zu öffnen. Erst als die Starre mein Fleisch zu schmerzen veranlasst. Das Zischen ist noch zu hören.

Keine Schatten, nur das zu sehen, was ich zu erleuchten vermag. Mein Nacken schmerzt, die Arme sind schwer. Doch bevor ich diese senke, sehe ich umher. Keine Gespenster mehr.
Ich spüre nur noch mich und mein Leid auf meinen Schultern, es ist nicht mehr kalt. Und wieder bin ich allein, allein mit mir. Allein mit allem, was so sehr trauert in mir. Und ich habe Angst. Gegen gewaltige Tyrannen habe ich gekämpft, aber alleine verspüre ich Furcht.

Mein Körper entspannt sich und ich blicke zu Boden. Rechts neben meinen nackten Füßen liegt eine Scherbe, als wäre sie mir gerade aus der Hand gefallen. Der Schleier hatte mir also etwas zu sagen. Die Luft flimmert und schmeckt nach Erde. Der Staub gleitet langsam zu Boden. Wie Nieselregen im Sommer, der am Ende mit der Erde eins wird.

Ich sehe dem Staub zu, wie er gen Boden gleitet und seine Bewegungen dabei immer undeutlicher werden. Schließlich verweilt der Dunst in der Luft, als wäre er ein Teil eines wunderschönen Bildes.

Doch irgendetwas rührt sich da. Der Film. Ich sehe nach unten und erblicke eine neue Geschichte, die mein Leben einst geschrieben hatte. In einem Splitter, der größer ist als die beiden vorherigen, fast so breit wie mein Körper schätze ich. Mit neugierigem Blick mustere ich mein dachloses Gewölbe – es selbst scheint mich jetzt zu prüfen, zu analysieren. Als ob es mich beobachten würde, gerne sehen würde, wie ich in die Knie gehe, wieso auch immer dem so sein mag. Selbst der Staub in der Luft sieht auf mich herab und legt sich nicht einmal mehr auf meine Schultern.

Zu viel, als dass ich es tragen könnte. So fühle ich mich unentwegt – aber auch diesen Splitter werde ich meiner Sammlung hinzufügen.

Drittes Kapitel: Die Klauen

Mein Körper vermag sich nicht mehr zu rühren. Ich stehe in einem düsteren, aber nicht abschreckenden Wald voller Tannen, Eschen und Lärchen. Dutzende Bäume, hunderte. Irgendwo scheint die Sonne durch die nadelspitzen Kronen dieser Wälder. Bis in weite Ferne ist auf dem Boden nur Erde zu erkennen, kein Laub, keine Gräser, keine Büsche. Nichts außer den Stämmen der Bäume die dort Jahrhunderte zu stehen vermögen.

Weder meinen Kopf noch meine Augen kann ich bewegen, ich sehe nur gerade aus. Als ich versuche meine Arme zu bewegen, werden diese festgehalten. In meinen Beinen spüre ich Schwere, als wären diese Teil des Bodens. Mit mehr Kraft versuche ich meine Arme zu bewegen.
Die Äste um mich herum biegen sich und geben knarrende Geräusche von sich, wie altes ausgetrocknetes Holz. Laub gleitet vor mir nach unten und bedeckt den Boden.

Ich höre keine Vögel, keinen Gesang, keine Lieder. Ich rieche nur das Holz der Jahrhunderte. Ich erblicke meine Hände, die ich voller Anstrengung vor meine Augen führen kann. Ich sehe einen mächtigen Ast, fast schwarz, voller Risse und Furchen – dennoch kraftvoll und sicherlich dicker als mein Arm es jemals war. Zu den Enden des Astes hinsehend, teilt sich das Holz unzählige Male. Die Spitzen geben im fahlen Sonnenlicht Früchte preis, die daran herunter hängen, als wären sie daran gewachsen.

Verkümmert und ausgetrocknet – so gibt sich mir dieser Anblick. So viele, dass ich mich Frage, wie dieser Ast dies zu tragen vermag. Von meiner Krone ganz zu schweigen. Dekaden ohne dass Wind mir diese Last abgenommen hat, bin ich ein Baum der die Blüte seines Daseins lange hinter sich hat. Ich fühle mich alt, Jahrhunderte alt. Habe Feuer und Frost gesehen, Stürme und Eis gespürt. Habe alles erlebt.
Traum oder Albtraum? Die Scherbe liegt nun spiegelnd neben mir. Um meiner Erinnerung den größten Respekt zu zollen beuge ich mich langsam nach unten. Ich setze einen Fuß nach hinten und stütze mich auf mein Knie. Das Fragment sieht aus, als wäre es von den Jahren durch Erosion der Natur oder Abnutzung durch menschliche Hände abgerundet und abgestumpft worden. Auch diese Erinnerung darf nun zu den anderen.

In der weitläufigen Landschaft meines Memoriums sind mittlerweile viele schwache Lichtquellen zu erkennen. Ich gehe wieder auf eines zu und ergebe mich der nun bekannten Prozedur. Langeweile kriecht durch meinen geschwächten Leib, wie eine

Verdammnis epischen Ausmaßes kommt mir die ganze Sache vor. Allerdings muss ich meinem Geist Abbitte leisten, es muss einen Grund für dieses Abenteuer geben. Auch wenn ich es nicht wirklich beschreiten möchte. Leidenschaftslos greife ich mir das Fragment und blicke auch in diese Geschichte hinein.

Ein Kleidungsstück flattert verschwommen im Wind. Entfernte Laternen brennen im Hintergrund, Häuser und Straßen reihen sich aneinander.
Das Bild wird deutlicher und verwandelt den schwarzen Stoff in die Enden eines langen Mantels. Im Vordergrund ist ein alter Steinwall zu erkennen, der vor dem dahinter liegenden Abgrund schützt.

Etwa hüfthoch zeichnet sich die Mauer aus Beton und darin eingebettetem Schutt vor den Augen des Zuschauers ab. Rechts davon, eine Öffnung in der Mauer, die auf einen Weg hinunter ins Tal schließen lässt. Den Blick weiter in diese Richtung zeigt wieder den flatternden Mantel, der mehr im Hauch der Zeit als im Wind tanzt.

Ich stehe vor der Mauer und sehe einen Mann in einigen Metern entfernt darauf sitzen – er schreibt, vielmehr kritzelt er, auf einem Fetzen herum. Unbeeindruckt von der romantischen Kulisse bringt er Gedanken zu Papier. Allerdings scheint es einen inspirierenden Eindruck auf ihn zu haben, die Tinte schreibt schneller als ich der Feder in seiner Hand folgen kann. Ich trete näher heran, schleiche fast, sodass niemand mich bemerkt. Obwohl sicher ist, dass das nicht passieren wird. Denn wenn man das, was man einst selbst war, mit den eigenen Augen sieht, ist man ein unsichtbarer nicht relevanter Beobachter. Der Unterhaltene in einem Leben, das so unendlich weit hinter einem liegt.

Es dämmert, Sonnenuntergang wie ich feststelle. Schon fast zu dunkel zum Schreiben, aber der Bärtige macht munter, aber dennoch sichtlich angespannt, weiter. Geister schnellen um diese alten Mauern herum, flüsternd, als würden sie mit mir sprechen. Ich kenne diesen Ort, an dem weiße Schatten umherziehen.

Im Augenblick dieser Reflektion meiner Selbst kann ich mich aber nicht daran erinnern. Ich entschließe mich näher zu treten, während ich mich frage, warum ich so lange gewartet habe. Ich sehe mir selbst ins Gesicht und sehe eindeutig, dass es nicht das selbe ist, dass ich jetzt habe. Alles was ich bin, hat sich verändert. Das Offensichtlichste ist wohl, dass mehr sich mehr Furchen durch mein Antlitz stehlen.

Belanglose Fragen gehen mir durch den Kopf. Wann hatte sich Erian denn das letzte Mal rasiert? Doch bevor ich diese Frage verinnerlichen konnte, fasse ich mir an die Wange. Meine Handfläche streift mir Richtung Ohr über das Gesicht. Keine Stoppeln, keine Erfahrung.

Allerdings kann ich mich nicht an mein letztes Treffen mit Klingen erinnern; Ich kann mich an nichts Weltliches erinnern. Meine Verzweiflung schwindet – und irgendwie amüsiert mich diese total abstrakte Situation. Ich beginne zu lächeln.

Ich sehe also auf das Papier herab, dessen Platz gerade mal für eine Geschichte seines Lebens reichen mag. Nur mit zusammengekniffenen Augen vermag ich mitzulesen:

Mein Leben braucht keinen Sinn, ich habe dich kennen lernen dürfen. Ein Abschied.
Ich muss weiterziehen. Weine nicht, denn hiermit schenke ich dir dein Herz zurück.

Die Buchstaben verschwinden, das Bild verblasst – die Erinnerung stirbt.

Die Scherbe fällt mir aus der Hand. Ich bin wieder in meinem Memorium. Ich spüre wie mein Körper schwer wird, meine ganze Seele fällt. Ich stürze nach hinten, ich versuche meinen Geist und meine Augen noch zu verschließen.

Ein gewaltvoller Schlag wirft mich zu Boden, der mir die Luft aus den Lugen drückt – ich falle.

Meine Augenlider voller Furcht und Demut nach unten gedrückt – ich falle. Mein Herz regt sich noch einmal, dann steht es still – ich falle.

Nach schier unendlicher Zeit, in der ich nichts spüren kann außer meiner Angst, vor dem, was kommen mag. Ich liege mit dem Rücken auf dem staubigen Grund. In meinem Kopf baut sich eine Kraft auf, die mir gegen die Schläfen und die Augen drückt. Ein hämmernder Schmerz macht sich im Haupt breit. Nun, in Gewissheit was da von innen kommen mag, lege ich meine eisenschweren kalten Hände auf mein Gesicht.

Ein lauter Schrei geht durch diese Welt, mein Seelenheim. Mehrmals ist dieser Aufschrei zu hören, bis das Echo schließlich verstummt. Zerrissen. Gepeinigt. Dennoch hallt jetzt etwas völlig anderes innerhalb dieser Mauern, es hallt durch die Zeiten. Leiser, aber schmerzvoller und befreiender als jedes Schreien und jedes Brüllen. Ein Geräusch in dem mehr Mut steckt als in jedem Kreischen.

Ich liege da und weine. Ich weine, als würde es mir so viel bedeuten, wie das Lachen der Menschen, die ich am meisten liebe. Meine Hände sind steinern und nass, voller Tränen, die nichts Schlimmes an meiner Haut verursachen.

Ganz im Gegensatz zu dem Zittern, das mir zeigt, wie kalt es auf einmal geworden sein mag. Tränen, wie sie nur eine Gestalt meiner Statur erschaffen mag, größer und dicker als alle Regentropfen, die ich je an meiner Haut spürte.

Dumpfe Schläge sind zu hören, gefolgt vom schweren Atmen, das nur auf eines wartet: Genug Wut in den Fäusten gesammelt zu haben – nur um erneut zuzuschlagen. Ein knirschendes Geräusch folgt, als wäre endlich etwas zerbrochen. Die Luft ist stickig und riecht nach markantem Schweiß.

Ich schlage zu. Noch einmal. Und noch einmal fester als vorher. Ein Knochen in der rechten Hand bricht. Ich werde diese Wand zu Tode prügeln. Ich werde sie umbringen. Und noch bevor mir die Dummheit meiner Handlungen bewusst wird, denke ich an mein Herz, wie gebrochen es sein mag. Wieso ich nicht einfach Mensch sein darf, das frage ich mich traurig.

Ich vermisse mich so sehr. Ich vermisse Erian. Durch meine Verzweiflung beginne ich wieder zu leuchten und den Platz um mich herum mit Licht zu füllen. Mein Schatten an einer der vielen Wände.

Meine blutigen Hände sinken nach unten und ich sehe meine Umrisse. Zwei faustgroße dunkle Flecken sind an der Wand zu erkennen. An der Stelle, an der wohl mein Schatten das Gesicht hat.

Ich trete näher, drehe mein Kopf wie ein neugieriger Welpe und betrachte den tropfenden roten Schleim. Zitternd lehne ich mich an die Mauer und lasse mich zu Boden gleiten. Sodann nehme ich die gebrochene

Hand in die andere und versuche meinen Puls durch kontrollierte Atmung zu senken.

All meine geistige Energie fließt in meine Hände und diese beginnen heller zu leuchten. Heller als der Rest meines flüchtigen Daseins.
Energien aus den tiefsten Möglichkeiten meiner Seele aufwallend, schlängeln sich langsam aber stetig durch meine linke Hand. Mit schönen Bildern heilt diese tröstend ihr gebrochenes Pendant. Ein leises Knacken ist zu spüren, als sich wieder alles an Ort und Stelle bewegt.

Meine Hand ist wieder genesen und ich sehe mich um, um zu verstehen, was gerade passiert ist. Am Boden liegt die Scherbe. Und wieder soll ich fallen. Wieder da liegen und weinen. Ich will nicht mehr.

Mit einem erstickten Schrei rufe ich krampfhaft all meine Legionen indem ich versuche, sie mir zu vorzustellen. Ich hoffe sie herbeirufen zu können, damit sie mich auffangen.
Ich sehe einen, zwei, dann drei der Finsternis entsteigen – es werden immer mehr.
Meine geistige Familie erscheint aus der Absurdität dieses Ortes, dieses dunklen Planeten, der nur existiert, um meine Seele zu heilen.

Aus dem Nichts erscheinen gespensterhafte Schemen, folgend meinem Ruf. Das Geschehen vor meinen Augen normalisiert sich langsam, die Geister nehmen körperliche Gestalt an. Immer noch durchsichtig, aber weiß glühend kommt einer der Zenturien auf mich zu. Gutmütigen Schrittes, belebt er die verbrannte Erde unter seinen Füßen wieder und bahnt sich einen Weg durch die Kälte zu mir. Mit trägen Augen beobachte ich fassungslos wie er nach meinem Arm greift. Ich spüre seine Berührung nicht, sehe ihm direkt ins strahlende Gesicht, erkenne seinen fragenden Blick.

Kaum vernehmbar nicke ich ihm zu und lasse ihn ruckartig an mir ziehen. Ich warte. Denke nichts, sehe mich nicht um. Rühre nicht einmal eine Muskelfaser. Wie an Ort und Stelle gen Himmel gewachsen stehe ich wieder auf beiden Beinen. Meine Beine, die jetzt die Ruhe selbst zu sein scheinen.

Meine treue Legion ist nun wieder ganz tief in mein Herz durch eine offene Tür eingezogen – hält mit mir an der Schwelle Wacht. Ich atme kurz durch und hebe die Scherbe wieder auf, die schon oft herunter gefallen war. Mit allen Mut blicke ich erneut hinein und sehe die Feder wieder tanzen. Rechterhand kann ich ein kleines rundes Tintenfass erkennen. Darum herum ist ein großer blauer Fleck, vielleicht ist es einmal umgefallen. Die Feder wird elegant über den Rand des gepressten Papiers gezogen, er hat wohl einen Punkt gemacht.

Ich komme zu dir, in deine Nacht, unser beiden Träume sind ein einziger Traum.
Ich wünsche mir einen Ort, den es nicht gibt; aber doch bist du dort?
Dieser Stern scheint für uns.

Ich blicke hoch, in sein Gesicht. Tränen fließen, gerade noch so zu erkennen. Es ist dunkel geworden. Die Sonne ist hinter den Felsen verschwunden, die diesen Ort regelrecht einmauern. Das einzige was Licht schafft, sind die leuchtenden Punkte am Firmament. Aber auch die entfernten Laternen auf der anderen Seite des Tals, am gegenüberliegenden Berg, strahlen. Meine Aufmerksamkeit fällt auf ein altes kleines Haus, weit entfernt.

Wohl aus massivem Holz gebaut übersteht es die Zeiten, es wirkt vertraut. Voller Mitgefühl sehe ich zu ihm hinüber. Er schaut fragend in die Sterne ohne sich die Tränen aus dem Gesicht zu wischen. Um die Dramaturgie zu perfektionieren, lege ich meine Geisterhand auf seine Schulter. Und tatsächlich, als ob er mich spüren würde, holt er tief Luft. Sichtbar trifft Erian eine Entscheidung – er taucht die Feder ins Tintenfass und setzt wieder an:

Ich vermisse dich. Aber auch mich selbst. So sehr.

Tausende Male geschrieben, gesagt und gespürt. Ich frage mich, wie schwer dies alles nur sein kann.

„Seele" tausende Male geschrieben und gesagt. Ich frage mich, wie schwer dies alles nur sein kann. „Herz" tausende Male geschrieben und gesagt. Ich frage mich, wie schwer dies alles nur sein kann. „Liebe" tausende Male geschrieben und gesagt. Ich frage mich, wie schwer dies alles nur sein kann.

Endlich beginne ich, mir selbst die Fragen zu stellen, denen ich so lange ausgewichen. So fragte mich doch einst ein Mensch, wieso ich mich so sehr verachte. Wieso reiner Hass so wunderschön sein kann.

„Du musst die richtigen Fragen stellen", war das Einzige, was ich antworten konnte.

Wenn mich Menschen ansehen, dann sehen sie oft einen Mann, der wirklich nichts anderes ist als ein müder Mann. Reduziert auf das, was Menschen im Diesseits sehen können, bin ich gebrochen.
Gesplittert vom Leben, zerfetzt von Menschen, gelyncht von der Gesellschaft. Unfähig sich selbst, oder gar andere zu lieben.
Tausende Male geschrieben und gesagt. Ich frage mich, wie schwer dies alles nur sein kann.
Ich habe immer alles was ich tun konnte getan, geliebt, oh wie sehr ich nur lieben konnte. Manchmal so sehr, dass es übermenschlich geschmerzt hat.

Vieles könnte ich mir vorhalten, aber nicht, dass ich es nicht versucht habe ein guter Liebender zu sein.

Die Zeilen, die ich auf der Burgmauer schrieb, beweisen es. Ich habe wieder Vertrauen in mich, die Liebe und auch wieder in die Menschen gelegt.

Ich habe so viel erlebt, so viel erlebt. Jeden Tag bin ich näher gekommen, dem Ziel, das ich vor Äonen hatte. Dem Ziel, von einem Menschen die magischen Worte zu hören. In einem neuen Leben, einem neuen Zeitalter, in einer anderen Welt.

Über dieses Ziel bin ich hinausgeschossen, einfach darüber hinweg geflogen und dabei fast an der Tribünenwand zerschellt. Den Kopf habe ich mir gestoßen, von meinen Gefühlen und meinem Herz ganz zu schweigen.

Ich spüre das Fragment, dass noch immer in meiner Hand liegt. Etwas hat sich verändert, es fängt nicht wie gedacht an zu leuchten wie die anderen, es wird schwerer. Ich sehe nach unten, alles geht wieder seinen Lauf und der Staub legt sich.

Als ob es mich in seinen Bann ziehen würde, meine Augen dazu bewegt, wieder hindurch zu sehen. Die graue kleine Feder bewegt sich ein letztes Mal.

Kaum zu sehen, es ist mittlerweile stockdunkel und sicherlich eiskalt. Der Hauch der Geister ist zwar zu spüren, dennoch kommt die Kälte nicht aus dem Portal meiner Vergangenheit. Zwei Zeilen. Er hatte noch zwei Zeilen geschrieben:

Was verlangt ihr noch von mir? Was soll ich noch ler-nen? Ich habe alles, alles – außer neuem Leben gesehen!

So langsam und vorsichtig ich kann, lege ich, ohne hinzusehen, das Fragment aus der Hand auf den Boden. Unfähig abzuschätzen, wie weit es noch zum dreckigen Grund ist, lasse ich es fallen, in der Hoffnung es liegt genug Erde und Asche um es weich aufzufangen.

Aus freien Stücken, ohne dass ein Dämon mich bezwingt, lasse ich mich auf die Knie fallen. Fast zeitgleich fällt das Fragment neben mir in den Staub und landet dabei sanft. Meine Knie brennen, nicht des darauf Fallens wegen. Alles brennt. Meine Seele brennt. Ich lasse sie brennen, nichts vermag dieses Höllenfeuer jetzt zu löschen. Es schmerzt nur innen, dieses Gefühl geht vorbei. Wenn man es gehen lässt. Und ich brenne. Alles wird dunkel, kein helles Feuer. Es wird Finster.

Ich habe Angst und ich ertrage es. Egal wie schmerzlich dieser Wunsch sich doch erfüllt hat. Ein Schrei, lauter als der einer wilden Harpyie, schreck-licher als der jedes Golems. Ein Laut, der sicherlich all diese Monster ins Verderben stürzen würde, formt sich. Formt sich zur züngelnden Inbrunst meines Todeswunsches. Und so bahnen sich die Flammen ihren Weg durch meine Seele.

Mit leeren Augen und Ruß auf meinem eisernen Körper blicke zu den Galaxien über mir. Versuche einfach nur zu begreifen. Etwas zu begreifen, was man wohl einfach nicht verstehen kann.

Ich suche wohl nach etwas, das nicht gefunden werden kann. Schwierig wenn man nicht weiß, nach was man eigentlich sucht. Ich nehme das Fragment, sehe hinein. Umrisse, einzelne Gesichtspartien sind jetzt auszumachen und geben somit ein Bild von mir selbst frei. Verzerrt, verkrüppelt, entstellt. Von Furcht so geschmückt, wie ein mit schönsten Rosen ausgelegtes Bett. Ein Gesicht, soviel menschliches Leid gesehen mag, wie es Lachen kann. Geprägt von Falten an den Rändern des Mundes, gezeichnet von eingefallener Haut zwischen Wangen und Nase.

Falten wie ich sie immer haben wollte – Lachfalten so deutlich wie die anderen. Tiefe Hautgruben unter den Augen sind auf dem schwarzen Spiegelbild zu erkennen. Mit dickerer Kohle gezeichnet als der Rest des Gesichtes. Augen tief im Schädel, als würden sie sich vor der Welt verstecken wollen.
Diese dunklen Augenhöhlen zeichnen meinen Gefühlszustand besser ab, als ich es zu erzählen vermag. Alles nur zu erkennen, in dem matten Licht, das ich ausstrahle.

Ich blicke von dem Spiegel auf und sehe in die schwarze Landschaft meines Memoriums hinein.

Als würde ich etwas anschauen, etwas beobachten. Hinter den eingestürzten kleinen Häusern, zwischen den aschenen Bäumen. Ich versuche zu hören, irgendetwas. Ich schließe meine Augen, fülle meine Lungen mit frischer Luft und versuche etwas zu erspüren. Nichts. Leere. Dunkelheit, die mir so oft ein Heim bot und ein stetiger Begleiter war. Dennoch spenden mir die wundersamen Farben der Düsternis keinen Trost mehr.

Nichts, überhaupt nichts mehr spendet mir Trost. Entkommen möchte ich dem, was ich am meisten fürchte: Zu wissen, dass, obwohl ich im Vollbesitz meiner geistigen Kräfte bin, aber nichts mit Sicherheit sagen kann. Nicht zu wissen, ob ich die Wahrheit oder eine Lüge gelebt haben mag.

Ja der Mensch der ich werden wollte, der war ich. Als hätte ich mir gewünscht, alles was ich mit einem Finger berühre, sollte zu Gold werden. Eingesperrt in diesem Metall, dessen Wert für mich bedeutungslos ist. Soviel Erinnerungen, dass sie alles andere als bedeutungslos sind. So viele, dass sie mich nach unten ziehen – wie schweres Eisen in eiskaltem Wasser versinken mag.
Vorsichtig, ohne zu wissen, was diese Exkursion noch bringen mag, nehme ich das Spiegelstück wieder in die Hand. Meine Augen sehen noch einmal hinein um sicher zu gehen, dass ich immer noch mich sehe.

Fast hätte ich mich gefragt, wie gigantisch der Maso-chismus, der in mir wohnt, wohl sein mag.

Ich erhebe meinen Körper, der sich anfühlt, als würde er sich lange nicht mehr bewegt haben.

Also wandele ich durch die Hallen meiner Erinnerung, um zu erkennen was ich war und zu was ich werden vermag.

Schnellen Schrittes gehe ich zu meinen sortierten Spiegelfetzen und lege das größere sanft daneben, die Asche ist noch immer heiß. Ich lasse meine Hand in der Hitze versinken, Glut bedeckt diese nun. Ein Gefühl von heroischem Ausmaß steigt in mir hoch. Aus Furcht vor dieser Emotion mache ich mich auf alles gefasst und lasse es langsam passieren.

Die Wärme der Glut weckt ein Urvertrauen in mir, von dem ich dachte, ich würde es nie wieder sehen. Samtene Hitze schlüpft durch meine Finger und meinen Arm in meinen Körper.

Gestählt und stärker als jemals zuvor fixiere ich ein Leuchten in der Ferne.

Mit einer fast athletischen Bewegung schlage ich wieder den Weg zur nächsten Geschichte ein, die meine eigene Nemesis bedeuten könnte.

Viertes Kapitel: Dämonen

Und trotz all der Macht, die ich besitze, wünsche ich mir nichts mehr als das eine und wahre Heim für mein Herz.

Trotz all der Empathie und der Fähigkeit anderen etwas zu geben, wünsche ich mir mehr für mich. Trotz all der Steine, die mir andere Menschen, meine Legionen, aus dem Weg räumen, stolpere ich. Trotz all meiner Weisheit und dem Wissen, wirklich jedes Gefühl nachempfinden zu können, muss ich es immer wieder eingeprügelt bekommen: Die Lektion, dass ich trotzdem fallen kann. Dass selbst das unendlichste Wissen des Universums nicht abzuwenden vermag – was meine Entscheidungen verursachen.

Meine Entscheidung? War es wirklich meine? Wieso um alles in dieser Welt, hätte ich mich für mein eigenes Leid entscheiden sollen? So oft war ich ein Sandsack für Wassermassen, die sonst Schlimmeres angerichtet hätten. Danach bin ich liegen gelassen, sogar getreten worden, wenn ich meine Aufgabe nicht so erfüllen konnte, wie es sich irgendein befallener Geist vorgestellt hatte.
Diese Seele soll nichts mehr aus Liebe ertragen. Nein, niemals wieder, denn die Liebe soll ein Gewinn für beide sein.

Ein weiterer Schritt, kräftig in den Boden gestampft mit ungezügelter Kraft in den Händen, diese zu Fäusten geballt.

Ob die Grausamkeit der Götter oder die eines einzelnen Menschen einen Unterschied machen, vermag ich doch schwer zu bezweifeln.

Ihre Grausamkeit, seine Grausamkeit, meine Grausamkeit. Was macht das für einen Unterschied? Verdammt noch einmal!

Welchen Unterschied macht es? Mensch sein tut so sehr weh. Da ist etwas in der Dunkelheit.

Noch ein Schritt dorthin. Die Rechte erhoben, der Geist mit konzentrierter Wut gefüllt, das Herz in Deckung gehalten. Ich gehe auf meinen Gegner zu, stähle meine Brust.

Und dennoch habe ich Panik, Angst, mich nicht wieder zu finden. Mein Ich wieder zu verlieren, das im Moment nicht mehr als eine kleine, fast nicht greifbare Geschichte ist. Eine Erzählung unter Milliarden. Mein Ich, das sich anfühlt wie ein unsichtbares kurzes Band, das jede Sekunde mit aller Kraft gehalten werden muss, um nicht vom Sturm der Gezeiten entrissen zu werden. Mein Ich, das zu Bedeutungslosigkeit verklungen, niemals wieder durch die Dekaden hallen wird.

Und in meiner Linken, mit der ich gerade noch so umklammern kann, was ich bin. Als wäre es alles, was mir lieb und teuer ist. All diese Furcht und

Angst fließt meiner Wut zu, die sich zu brennendem Hass meiner rechten Faust formiert. Eine Wucht, die jetzt ausholt.

Ich eile weiter voran. Ein heroischer Chor hinter mir schickt seine Gesänge in meinen Ring. Jubelnd stachelt mich die Meute um mich herum an.
Kreischend trachtet sie nach Blut.
Das Dämonenbrüllen bringt mein vernarbtes Herz zum Rasen, wie es sonst nur pures Adrenalin schaffen würde. Und ich bürde der geballten Hand all mein Leiden auf.

Nur noch ein letzter Schritt, dort steht er, mein Feind. Flankiert von Zweien rase ich ihm entgegen. Dabei werde ich mir meiner primitiven, zerstörerischen Gefühle bewusst, die mir diese beiden Begleiter auferlegen. Mit ihren Hufen und Hörnern vermögen diese Faunen fast so finster und tödlich aussehen, wie ich es im Moment tue. Denn mein angestauter Hass und Leid ist zu einer ultimativen Waffe geworden.

Eine die nicht nur den Körper töten kann, sondern auch den Geist auszulöschen vermag.

Eine Waffe, die die Seele selbst einäschert. Ein Werkzeug, dass sie in weitaus schlimmeren als den Tiefen der bekannten Hölle begraben kann. Meine rechte Faust zum Töten erhoben, meine Seele zum

Zerstören getrimmt, renne ich auf mein Gegenüber zu. Schneller, als ich jemals vermochte. Zwei Faune an meiner Seite, die mich lüstern beobachten.

Ein Bild.
Athletisch nach vorne gebeugt, die Füße weit auseinander, als würde ich gerade einen großen Schritt machen. Mit weit aufgerissenem Mund und Augen, die hasserfüllt gelb leuchten. Fast so hell wie der Rest des Körpers, der nur in ein Beinkleid gehüllt ist.

Ein Gesicht, das älter aussieht, als man sich einen Mann jemals vorstellen kann. Ein Gesicht, das so müde wirkt, als wäre der Mensch der es trägt schon fast selbst zu einem Dämon geworden. Eine Hand, die wie eine geballte Faust, rot glühend auszusehen vermag. Eine Faust, die eine Waffe sein mag. Eine Waffe die eine Faust sein mag. Die Augen gerade aus gerichtet.

Faune, die neben ihrem Opfer fast lammhaft unschuldig zu sein scheinen: Nach hinten gebogene Hörner, behaarte gebeugte Ziegenbeine, die ihr kleines Erscheinungsbild untermalen. Einer der höllischen Diener hinter dem Gladiator, der andere davor. Beide verrenken die Häupter unnatürlich grauenhaft und richten ihre Blicke auf ihn. Gelbe fluoreszierende Augen und lange schwarze Zungen, die fast bis zum Boden reichen – so sehr schmecken

sie ihr Opfer bereits. Der eine hält ein riesiges, verziertes Schwert, das so groß wie seine irdische Hülle selbst. Wartend darauf, dass er verwundbar ist.
Ein Bild.

Jämmerlich – mein Gegner ist jetzt genau zu erkennen. Er zeigt sich wie ein Feigling: Seine Arme schützend vor den Kopf gehalten kniet dieser Verräter auf dem staubigen Boden meines Memoriums. Es gehört mir!

Ein Augenblick.
Mein Brüllen wird so laut, dass die Wände zu beben scheinen.
Ein Augenblick.

Das lustvolle Kreischen meiner beiden Diener wird so laut, dass die Klinge in der Hand des einen zu vibrieren scheint.
Ich spüre, wie einer dieser Schreckensgeister mir etwas metallisches in die geballte Hand drückt. Ich starre zu meiner vermeintlich hasserfüllten Faust und sehe die wahrhaftige Waffe. Glühend vor Zerstörungswut, deren Klinge von mir weg zeigt.
Wenn ich nichts zu heilen vermag, wenn ich doch immer wieder nur Trauer vorfinde, werde ich dies vernichten. Als das Schwert erhoben, zum Schlag bereit, kommt der perfekte Moment. Nur noch eine Schwertlänge von meinem kniendem Gegner ent-

fernt, höre ich mein titanengleiches Kriegsgeschrei. Und ein Wimmern. Mein Gegner hat Angst. Dieser Feigling, dieser Verräter. Er hat Angst vor meiner Raserei. Nach allem was ich erlebt, traue ich niemanden mehr. Ich werde diesen weinenden und heulenden Geist auslöschen.
Jetzt.

Mein Schwert bahnt sich den Weg in Richtung des Mannes, den es zu entzweien vermag. Schwerer als jemals zuvor, gefüllt mit allem bestialischen Zorn, den ich jemals hatte, rast es nach unten. Mein Gegner reißt seine Hände urplötzlich nach unten hin weg, gibt sein Gesicht frei um seinen Scharfrichter anzusehen.

Um seine Strafe anzunehmen. Es ist ein müdes, aber weiches Gesicht. Verständnislosigkeit zeigt sich mir ein vertrautes Antlitz.

Gestalt gewordene Verzweiflung, die wohl die meine ist, blickt mir entgegen. Bereit alle Ebenen des Lebens zu verlassen, schließt das Leben vor mir die Augen, mein Schwert schon fast spürend.

Angestrengt, sich meinem Brüllen zu entziehen und dies hinter sich zu bringen, verabschiedet sich sein Dasein. Und nach all den Gedanken, nach all den perfekten Bewegungsabläufen, nach meinem perfekt geformten Hass, vermag ich meinen Gegner zu erkennen: Ich bin es selbst. Auch er erkennt mich und ich höre seine Gedanken in meinem Kopf, als wären es die meinen:

Voller Angst, vor dem Unbekannten, vor dem Ende allen Lebens schließe ich meine Augen. Voller Furcht, auf das Kommende nicht vorbereitet zu sein lasse ich die letzte Trauer meine Augen verlassen. Ich mache mich bereit zu sterben.

Das letzte, was ich in meinem Leben sehen werde, war also nicht meine Liebe oder gar einen Sonnenuntergang. Nein, es war mein Mörder. Begleitet von zwei Dämonen, die sich an meinem Fleisch satt fressen wollen.
Es ist soweit. Durch meine Empathie spüre ich den Höhepunkt des Hasses in mir selbst, einen Ausschrei von allem. Gleich werde ich mich selbst vernichten.
Jetzt war es soweit, ich spüre es, als wäre ich dafür geboren worden.
Ein Augenblick vergeht, ohne dass meine Seele meinen Körper verlässt, wie ich es erwartet hatte. Ein Augenblick, in dem nur ein Zischen und ein starker Luftzug zu vernehmen war, so gewaltig, dass ich einfach nur falle. Alles löst sich. Ein furchtbar lautes Kreischen hindert mich daran, herauszusteigen.
Ein weiteres Brüllen, so laut dass meine Ohren schmerzen, hindert mich daran, aufzusteigen. Ein starker, platter, aber dennoch schmetternder Schmerz schießt durch meinen ganzen Körper.

Ein letztes Bild: Ein mächtiger Krieger hält ein gewaltiges Schwert hinter sich, das gerade einen Streich gemacht. Ein Hieb, der kraftvoller als alle Erdmassen dieser Welt gewesen sein muss. Die Bahn, die das Schwert genommen hatte, gezeichnet mit leichter roter Linie. Der Krieger beschützt einen Menschen, der ihm wohl sehr ähnlich sein mag, dieselben Kleider, die gleichen Muskeln.

Die gleichen, angestrengten Augen und das rußige Gesicht. Dennoch vermag der Beschützte am Boden sich nicht zu wehren, vor Trauer und Schmerz gelähmt. Der mächtigere der beiden hatte gerade das erste Mal in seinem Leben etwas getötet. Einer der Faune – etwa halb so groß wie Erian, mit riesigen Reißzähnen – prallt nach dem Kontakt mit der Klinge an eine der Mauern. Diese stürzt einige Meter weit entfernt donnernd in sich zusammen. Der andere Alb schält sich an Ort und Stelle auseinander. Während dieser die letzten Schreie von sich gibt, bahnt sich seine schwarze Seele wieder den Weg nach unten und wird von der Erde aufgesogen.
Ein letztes Bild.

Auf dem Boden kauernd, meinen Retter beobachtend, fühle ich nach meinen Beinen. Ich kann sie bewegen. Nur ganz leicht, ich will nichts provozieren. Meine Hände zucken, immer noch im Unklaren was gerade passiert ist. Ein mächtiges Beben schüttelt mich und bringt meinen Körper zum Tanzen.

Begleitet von meinem klirrenden, kraftvollen endgültigen Schlag der mir die Augen öffnet.
Ich setzte mich auf, sehe mich selbst in einem Meter Entfernung stehen.
Erian beobachtet seine Hand, die wohl schmerzt. Er dreht diese mehrmals und betrachtet sie dabei.
Das Schwert, das mich beinahe getötet – es liegt am Boden und verliert an Farbe, es glüht aus.
Um uns herum ist ein Zischen zu hören, frostiger Nebel zu sehen, der sich langsam auflöst und eins mit der Luft wird.

Ich beginne zu leuchten. Erst schwach, dann so hell wie mein Held vor mir, der mir gerade noch das Leben nehmen wollte. Es wird so hell, als wären überall Kerzen aufgestellt worden.

Ich, der Krieger.
Meine Muskeln schmerzen, mein Körper bebt.
Es ist Licht geworden, mehr ist jetzt zu erkennen, mein Memorium mag erhellt worden sein. Sogleich sind die uralten Strukturen dieser Festung der Einsamkeit noch deutlicher zu erkennen. Hier werde ich mein neues Zeitalter begrüßen. Der andere Teil meiner Seele erhebt sich und geht auf mich zu, stellt sich vor mich, ich hebe meinen Blick.

Unfähig, meine Gefühle auszudrücken, mich zu entschuldigen, versuche ich Worte zu finden. Mein Gegenüber kommt näher und zeigt mit einer angedeuteten Verbeugung seinen Dank. Fragend sehe ich ihn an. Mit starker Stimme, die wohl gar nicht von einem Feigling stammen mag, sagt er mir:

„Du kannst jeden Teil deiner Selbst wieder finden – hier, in deinem Königreich. Du wirst alle Funken deiner Seele zu dem zusammen setzen, was du werden möchtest und erneut deine Kraft entfachen."

Bevor ich antworten kann, kommt er noch näher und legt seine Arme dankend um meine herum. Und ich fühle mich besser und zu keiner Entschuldigung mehr verpflichtet.
Und mit jedem Atemzug in diesen Sekunden der Umarmung, spüre ich wie mehr und mehr von dem zurückkommt was ich einst war.

Wie ich mich mehr und mehr selbst spüre. Wie ich stärker werde, mehr und mehr meine Sinne geschärft werden. Wie meine Macht, die mich und alles, was ich liebe, zu beschützen vermag, wächst.

Wie meine zerrissene Seele wieder Gestalt annimmt, wie mein Herz wieder zu schlagen beginnt und meine Narben weicher werden.

Die Umarmung lockert sich, ich öffne die Augen. Er, der ich ist, kommt noch näher. Aber dennoch wird das Gefühl des anderen Körpers schwächer, als ob er sich auflösen würde.

Mit einem letzten tiefen Atemzug kommt so viel von mir zurück, von dem ich dachte, es für immer verloren zu haben. Ich öffne die Augen. Mein zweites Ich ist verschwunden, für das menschliche Auge.

Ich spüre ihn. Ich bin in mich gegangen, habe mich wieder ein Stück mehr gefunden, ohne gesucht zu haben. Und fast hätte ich diesen Teil meines Geistes vernichtet.
Stattdessen lebe ich mit zwei Dämonen weniger und habe an Kraft gewonnen.
Ein himmlisches, singendes Flüstern hallt durch diese Hallen. Das rote Schwert vibriert und singt. Als ich hinsehe, sehe ich nicht mehr als das Licht selbst – grelles, beißendes Licht.

Dieses verstummt jedoch und verwandelt sich in ein Objekt meiner neuen Kraft. Es gibt den Hass frei und ich sehe wie die Dämonenenergie entweicht. Die Umrisse formen etwas Neues.
Das Werkzeug des Todes – mein Schwert – wächst in die Breite und wird größer. Sekunden vergehen und das flüssige Metall zieht und windet sich, zischt und gedeiht.

Ein Schild, fast so groß wie ich, mächtiger als jedes andere mir bekannte, formt sich dort auf dem Boden. Ehrfürchtig gehe ich drauf zu und betrachte es, folge seinen vier Ecken mit meinen Blicken.

Es hat wellenförmige Ränder und besteht wohl aus massivem Holz, in das Zeichen geritzt sind. Die Zeichen, in Vertiefungen im umgebenen braunen Holz eingelassen, sind dunkelrot – die Farbe eines Rubins strahlt mir entgegen. Drei dieser Zeichen, die wie Luftverwirbelungen aussehen, sind zu sehen. Jedes geschwungen, etwa so lang wie mein Unterarm und wunderschön.

Ich hebe es an einer Seite hoch, um an den Griff zu kommen und meine rechte Hand hinein zu schieben. Bis fast zu meiner Schulter muss ich unter den Schild greifen um diesen zu fassen. Vorbereitet auf das ungeheure Gewicht dieses Schutzschildes bringe ich viel Kraft auf, um es anzuheben.

Fast aus der Hand fliegt es mir – es ist überraschend leicht, aber dennoch ein mächtiges und stabiles Gebilde. Anmutig winkle ich meinen Arm an um die Vorderseite erneut zu begutachten.
Der Geruch von uraltem Holz steigt auf, der der Weisheit des Schilds seinen Tribut zollt. Schwung- und kraftvoll bewege ich es auf und nieder, vollführe spielerisch Kreise in der Luft. Nach getaner Inspektion bringe ich es triumphierend zu meinen gereinigten Spiegelstücken. Viele, sehr viele mehr waren es geworden.

Kleine Splitter, Fragmente, Bruchstücke die dort auf der heißen Asche nebeneinander liegen. Ich lege meinen Schild daneben und setze mich auf den moorigen Boden. Ich denke an den verloren geglaubten Teil meiner Selbst. Unfähig, deswegen wirklich glücklich zu sein, fühle ich mich jetzt doch besser, als funktionierendes Wesen. Voller Stolz studiere ich die Ferne, als sich etwas neben mir tut – ich springe auf.

Die Puzzleteile, die einst durcheinander im Chaos Kreuz und Quer in einem Haufen lagen, formen etwas. Die Kanten eines Stückes scheinen weich wie Wasser zu werden und schmiegen sich an das danebenliegende Stück an.

Wie füreinander geschaffen, stimmen die Ränder der beiden einzelnen Teile nun miteinander überein. Vielleicht kann ich sie ja alle miteinander verbinden. Ein lebensgroßes Kunstwerk mag daraus werden, von dem jedes einzelne Stück mich selbst zeigt. Aus vielen verschiedenen Perspektiven und Winkeln kann ich das, was ich bin, sehen. Neugierig wie ein geschorener Affe, der sich zum ersten Mal selbst sieht, betrachte ich mein Leben, vor mir, auf diesem geheiligten Grund.

Mein anderes Ich, der andere Teil meiner Seele hatte mir geholfen. Mich gestützt um diese gebrochenen Stücke, die einst zerrissen und zerborsten waren, wieder zusammen zu tragen.

Fast alle waren da, nur noch ein paar fehlen. Verwirrung macht sich in mir breit, ich bin besorgt.

Besorgt um das Wohlergehen des anderen Teils, der mit mir verbunden ist. Ich schließe die Augen, fühle mit meiner Hand nach meinem Herzen – schon fast eins mit mir spüre ich, dass es ihm gut geht.

Ich bemerke, dass die Spiegelstücke ganz leicht weiterhin meine Erinnerungen zeigen. Ich schweife über dieses vor mir liegende Feld von Andenken an Vergangenes und sehe viele schöne Momente. Ein Leben, in dem ich mich in mein Glück betten konnte. Wie in eine Decke – aus Geborgenheit.

Ich sehe meine Familie. Die, die mich ohne Wissen auserwählt haben, dieses Leben zu leben. Mein Herz schlägt langsam, gleichmäßig – voller Liebe sehe ich meine Schwestern, meine Brüder und meine Legion.

Ich sehe meine Freunde, sehe all die Erinnerungen, die wir zusammen teilen. Sehe sie alle, wie sie mir Trost spenden. Sehe mich, wie ich ihnen allen Trost schenke.

Ein paar Erinnerungen weiter, der Blick schweift gen Stirn des Gebildes. Ich sehe eine Frau, die mich direkt aus der Erinnerung heraus ansieht, mich lächelnd begrüßt. „Ich liebe dich" sagt sie engelsgleich. Ich sehe diese Szene aus der Sicht des ultimativen Beobachters, aber emotional befangen, denn einige Tränen laufen mir über die Wange. Ich schließe sie in die Arme und sage ihr das selbe.

Wir waren so verschieden, einmal um 180 Grad gedreht könnte man sagen, einfach zu gegensätzlich. Zwei Lebenskonzepte, deren Inhalt übereinander gelegt lediglich den Brennstoff für das Feuer für ein paar laue Sommernächte lieferte.
Aber auch rasch verglühtes Glück kann noch lange nähren.

Die Erinnerung geht in Wärme auf und lässt meine Muskeln noch kräftiger werden. Ich lasse ich meinen Blick weiter über diese vor mir liegende Glasland-schaft streifen. Ein Lächeln zeichnet mein Gesicht und führt salzige Tropfen an meine Lippen.

Ich schließe meine Augen, atme tief ein und spüre all die Gefühle, die Erian hatte, als er diese Erin-nerungen durchlebte.
Für ein paar Momente wickle ich mich wieder in diese Empfindung ein. In dieses damals so oft vorhandene Gefühl der Vollständigkeit und der Zufriedenheit.
Ich vergesse dabei aber nicht, dass noch ein Weg zu beschreiten ist, damit ich solche Emotionen wieder vollständig leben kann.

Meine Aufgabe ist nämlich noch nicht vorbei – ich muss wieder Ordnung schaffen. Schnellen Schrittes mache ich mich zur nächsten Memorie auf. Diese Lebensabschnitte, meine Hybris, die an mir Rache üben will.

Mit nackten Füßen und nur mit einer schwarzen Stoffhose bekleidet, die diese Bezeichnung kaum noch verdient, schreite ich durch mein Memorium.

Ich denke an meine geliebten Narben, die zugleich unendliches Leben, aber auch alles damit Verbundene für mich aussagen. Als ich meine Hand hebe, um um solch eine große Zeichnung des Lebens auf meiner Brust zu berühren, fällt mir erst auf, wie schmutzig und rau meine Hand aussieht. Bei meinen Füßen bemerke ich das selbe. Aber ich habe hier keine Narben, keine verheilten Wunden. Ich habe nichts weltliches hierher mitgebracht, nur den Avatar meines Geistes.

Ich erhebe meinen Blick wieder – ich bin fast angekommen. Direkt vor einer niedrigen Wand liegt eine kleine Ansammlung von Glasstücken, Portalen zu meinem Innersten. Zwei, vielleicht noch ein drittes unter Schutt begraben, liegen noch vor mir.

Ich sehe mich um, halte nach Dämonen Ausschau. Mein Blick schweift durch mein Memorium, mein Denkmal, das ein Mahnmal für andere sein sollte. Was allem voran mein eigener, vor Sünden strotzender Pfuhl ist. Ich frage mich, ob andere gewarnt werden sollten, vor all dem, was ich erlebt.

Ich gehe in die Hocke, zerre eines der Monumente heraus. Der Staub fällt herunter, als ich es herausziehe. Es ist in etwa so groß wie ein Blatt Papier. Ohne hineinzusehen, nehme ich es, setze mich neben die anderen noch verborgenen Stücke und lehne mich rücklings an die Wand. Es ist eines der größeren. Auf alles gefasst sehe ich in das ungewisse Dunkel.

Ich sehe ein junges Paar, welches inmitten von Sand vor einem Hügel liegt.
Es scheint ein schöner Frühlingstag am Strand zu sein. Die Brandung ist zu hören, es riecht nach Salz. Wasser erreicht beinahe die Füße der beiden Liebenden. Er macht einen Witz, die unschuldige Frau beginnt zu lachen – es ist ein perfektes Postkartenbild.

Behutsam streicht er ihr das Haar von der Wange hinter das rechte Ohr und richtet sich langsam auf. Behutsam legt er ihr beide Hände ans Gesicht. Mit gefesseltem Blick verliert er sich in ihr. Niemals würde er sich dies nehmen lassen.

Aus Mitgefühl und Scham verschließe ich mich kurz vor dem Bild als sich ihre Gesichter nähern – blicke dann aber spähend doch wieder hinein.

Als ich das tue, hat sich das Bild ein meinen Händen verändert. Wolken sind aufgezogen, ihr Haar weht ihr ins Gesicht. Der Himmel dunkel, ein Sturm naht. Sichtlich traurig streitet sich das Paar, das sich doch einst so sehr liebte? Ohne zu erkennen warum, streiten die beiden Schauspieler auf der sandigen Bühne des Lebens. Sie schreit ihn wütend und gestikulierend an, Schuldzuweisungen verlassen ihre Lippen. Dabei wird er immer kleiner und kleiner.

In mir kommt ein Gefühl der Trauer und des Missverstehens hervor, als ich diese Bilder sehe.

Der schlaksige Mann steht auf, zeigt mit dem Finger auf sie, macht kehrt und rennt davon. Er lässt sie zurück – ganz allein.

Erneut blicke ich auf, obwohl die Bilder sich weiter bewegen. Ich denke über vieles, was ich falsch machte, nach. Über alle Umstände, die dazu führten, dass ich niemals mit meiner Liebe wandern konnte. Sie konnte nicht geben, was ich brauchte. Oder was ich verlangte?

Der Sturm wirbelt an der Küste entlang, schwärzt die ganze Szenerie vor mir und schließt das Bild in eine dicke und wabernde Brühe.

Erinnerungen an diese zornige Frau und über Eifersucht quälen meinen Geist. Meine Eifersucht? Und dennoch komme ich zu dem Schluss, dass ich ihr Danke sagen möchte? Wieso habe ich alles ins Dunkel stürzen lassen? Heute würde ich anders handeln, aber für damals war es doch richtig?

Ich starre hindurch. Ich starre hinein. Zweifel, Zweifel an mir selbst entfalten sich, wie ein Engel seine Flügel. Schmerz, stechender als der einer jeder verbalen Waffe und deutlicher als jede intime Berührung, die es geben mag. Zweifel sind eine Illusion – ja, das sage ich mir. Eine Illusion des Verstandes. Ich starre ein Loch hinein, so dass meine Augen fast genauso schmerzen, wie mein Herz.

Ich empfinde große Scham und gebirgshohe Schuld. Endlich sage ich leise „Danke" in die Geschichte hinein. Das Fragment leuchtet kurz auf und beginnt zu spiegeln. Reue macht sich breit.

In meinem Herz ist für jeden, den ich liebe ein Ort, den er sein Heim nennen darf. Ist für jeden, den ich einst liebte, ein Platz, den er Sein nennen darf.
Und genau das ist das, was ein Herz zu meinem macht.

Wie ich es für richtig empfinde, Platz zu machen – in mir. Ich werde niemals wieder daran zweifeln.
Ich trage das Fragment zu dem fast fertigen Zerrspiegel meines Lebens.
In der Hoffnung, dass diese Schuld mich lehrt, diesen Fehltritt nicht noch einmal zu begehen. Nicht erneut jene, die ich liebe, derart in Leid zu stürzen. Mitgefühl macht sich in mir breit.
Ich habe es aus eigenem Leid sowie dem Bedürfnis nach Liebe und Anerkennung getan. Ich war blind,

die Anerkennung, die mir gegeben ward, nicht gespürt zu haben. Ich lege das Monument zu den anderen. An eine Stelle, die mir dafür richtig erscheint.

Und gehe weiter.

Fünftes Kapitel: Mahnmal

Irgendwo da draußen, im Diesseits, lebe ich wirklich. Atmet mein wirkliches Ich, lebt Erian in der realen Welt. Ich fühle mich dennoch körperlich hier exis-tent, getrennt von meinem physischen Pendant. Wie es ihm wohl geht? Ich kann spüren, dass Erian die Augen und den Geist verschlossen, seine Sinne ausgeschaltet hat. Ich glaube, es geht ihm gut – ich vermisse ihn.

Meine eigenen Bedürfnisse werden immer Priorität haben – außer ich verletze meine Liebe. Meine Liebe zu einer anderen Seele, oder eben zu meiner. Nach diesem Erlebnis war vorherbestimmt, dass die Tage kommen, in denen ich nicht wusste, wo ich hingehörte – ähnlich wie jetzt. Nur dass ich damals nicht einmal wusste, wo ich mich betten würde.

Ich irrte umher, unfähig Schönheit zu sehen, die Welt aufzusaugen, Sonne zu spüren und Freude zu empfinden. Ich wusste nicht wieso, aber ich akzeptierte es. Ich war ein einsamer Wanderer. Das war das Leben, für mich.
Und genau diese Ungewissheit waren die Sargnägel jenes Zeitalters, das bereits zu Grabe getragen ward. Und genau diese Ungewissheit, läutete mein jetziges Zeitalter an, das ich mit dieser Reise doch beenden wollte.

Wohl ein Band zwischen diesen beiden. Es tut mir so leid. Aber eine Entschuldigung ist wertlos, wenn man diese wieder vergisst.

Zwei. Zwei Fragmente liegen noch vor mir auf dem Boden. Ein großes, das wohl größte bisher und ein sehr kleines. Gerade mal so groß, dass man darin etwas zu erkennen vermag, wenn man es direkt vor das Gesicht hält. Ich schließe die Augen, versuche mich von meiner Scham zu befreien. In Gedanken sage ich Ihnen nach, wie sehr ich doch liebte, und hoffe dass sie verstehen. Dass sie alle verstehen, alle von mir Verletzten – ich schäme mich.

In meinem erleuchtetem Verließ sinke ich gen Boden. Ein plumpes Geräusch folgt. Ich lasse die Scham durch Tränen meinen Körper verlassen. Mit jeder Träne, die fließt, vergeht ein kleines Stück mehr, denn ich weine ihren Schmerz. Ich weine. Weine, bis alles vergangen mag und mein Geist frei ist.

Ich muss eingeschlafen sein. Aus der Starre heraus hebe ich meinen Kopf, sehe mich um, eingerostet wie ein altes Zahnrad. Müde blicke ich umher und sehe meine zwei letzten Monumente mit verschwommenen Blick zwischen Steinen und Mauern.

Kein Dämon, kein Faun, kein Alb und erst recht kein Teufel sind in Sicht. Ich wische mir Tränen aus meinem Gesicht, nehme mich zusammen. Mir kommt ins halbwache Bewusstsein, dass ich von all diesen lieben Menschen geträumt hatte, hier, inmitten meines Memoriums. Sie haben mich gehört. Mein kurzes Lächeln bestätigt mir dies. Tage mag ich geschlafen haben.

Ich nehme die große der letzten beiden verbleibenden Geschichten und setze mich auf eine niedrige Mauer. Ich wische das Fenster zur Vergangenheit ab, meine Hand ist mittlerweile ganz schwarz. Dabei frage ich mich, wie lange meine Reise wohl noch dauern mag, atme durch und sehe hinein.

Ein Film aus einer anderen Welt, aus einer anderen Form des Daseins. Aus der irdischen Welt, aus dem Leben eines Menschen. Betrachtet durch die glasigen Augen eines Betrunkenen.
Ein mächtiger Turm ist zu sehen. Ein steinerner Koloss, bewehrt von Mauern und gekrönt von dreieckigem hölzernem Gebälk. Darauf: Eine alte, Runde Uhr – das Ziffernblatt ganz deutlich erkennbar. Am Fuße des Turms: Ich – der Film beginnt mit mir. Er ist der Schauspieler meiner eigenen Geschichte.

Der Zeiger der Zeit zeigt: 11.01.
Erian steht inmitten einer antiken Stadt, gerahmt von einer Wehranlage, die bessere Zeiten gesehen

haben mag. Zu beiden Seiten stehen kleine marmorfarbene, höchstens zweistöckige Häuser. Das Sonnenlicht wirkt durch die glänzenden Pflastersteine deutlich heller und strahlt alles, was nicht Erian selbst ist, an. Er geht einen breiten Weg herunter, ist in weiße Tücher gekleidet. Alles andere ist unscharf, nicht wichtig.

Er kann diese Stadt nur sehr gedämpft wahrnehmen. Er sieht sie nicht. Er sieht nach unten, sieht den Boden nicht. Er sieht nichts außer seinen Füßen.

Er sieht nach oben, sieht den Himmel nicht. Könnte ihn auch nicht beschreiben. Er weiß aber, wie er sich ihn immer vorgestellt hat. Er sehnt sich danach, aus dieser Hölle zu entfliehen. Aus einem Leben, in dem die Menschen, die er liebt und die ihm nahe stehen, genau solche Qualen erleiden wie Erian.

In einer Welt, in der Bäume schneller wachsen, als seine Wunden heilen. In einer Welt in der Erian sich fühlt wie ein hilfloses Tier, das sich nicht selbst versorgen kann.

Erian ist zu so viel mehr als ein Mensch im Stande. Zu weitaus mehr als er selbst möchte. In einer Welt, in der man sein Herz brennen sieht. Aber der Himmel ist immer noch nicht in Sicht.
Also geht er diesen Weg weiter und sucht seinen Horizont. Er sucht weiter. Denn sein Herz, obgleich

es schmerzen mag, hat einen unersättlichen Vorrat an Liebe und wird sonnengleich in die Ewigkeit hinein brennen.

Nichts vermag diese Feuersbrunst zu löschen. Nicht einmal das Leid in seinem Kopf, das dort fest gekettet tobt wie ein wilder Hund an seiner Leine. Er hält es fest. Bleibt stark.

Er will keine Welle unmenschlichen Ausmaßes entfesseln, was aber passieren würde, wenn er das Leid losließe. Es würde noch mehr Herzschmerz verursachen, weil diese Welle aus Albträumen sein glühendes Herz wie einen Stein zerbersten ließe.

Erian sucht seinen Stern am Firmament. Er wüsste nicht, was er tun sollte, wenn er ihn jemals finden würde. Er geht einen weiteren Schritt vor. Er fühlt sich so leer an. Gespalten – so viel Licht in seinem Herz, aber da ist noch etwas.

Von unendlicher Nacht ist er erfüllt. Fühlt sich weder Sprache noch Gedanken fähig. Er macht den nächsten Schritt.

Und in der sonst so vertrauten Leere fühlt er sich weder Zuhause, noch fremd. Paralysiert. Er fühlt sich vollgesogen von diesem Gefühl. Er ist nicht fähig sich davon zu befreien, weil es alles ist, was ihn am Leben hält – seine Knochen zusammen hält. Er ist das Nichts selbst. Einen Schlag auf den Hinterkopf muss er bekommen haben. Er weiß nicht seinen Namen, weiß nicht zu sprechen.

Wie weit soll er noch gehen, auf der Suche nach seinem Stern, nach seinem Zeichen am Himmel? Nach dem Zeichen einer höheren Macht?

Er versucht, Gedanken zu fassen, zu formen. Versucht, Zusammenhänge zwischen Geschehenem und menschlicher Logik herzustellen. Ein Gedanke beginnt sich zu formen. Ein Bild passt irgendwie zu den anderen. Er sieht ein Gesicht in Gedanken. Er sieht wunderschöne, kleine Augen, die ihn aus ihrem tiefen Braun heraus ansehen. Ein Gesicht, das so verzerrt vor Verzweiflung ist. Eine Miene, die versucht, alles Leid zu kontrollieren, um nicht schreien zu müssen.

Er versucht zu erkennen, was ihre Lippen sagen, zu verstehen was sie sagen. Zu begreifen. Er fühlt sich hilflos, unfähig zu bewegen und dennoch macht er einen weiteren Schritt in die Dunkelheit. Es war ihm immer vertraut, dieses Gesicht zu berühren. Wärme zu geben und zu zeigen: Ich bin bei dir. Seine Gedanken beginnen zu verblassen. Gedanken an zu schmerzvolle Erinnerungen.

Aber das Gesicht bleibt in der Ferne in Augenhöhe stehen und verblasst nicht weiter. Es ist noch ganz leicht zu erkennen.

Seine Augen müssen müde sein, genau wie Erian. Erschöpft vom Leben zurück gelassen.

Es beginnt sich zu formen und wächst unscheinbar in Richtung des nicht vorhandenen Bodens. Es bildet langsam, ganz langsam eine Silhouette, die ihm ähnelt. Er hätte all seine Erinnerungen weg sperren können, so wie er es gut konnte. Aber Erian wollte sehen, welchen Streich ihm sein Geist spielt.

Die Silhouette, die sich dort bildet wird vertrauter und vertrauter. Und mit einem Wimpernschlag erkennt er, dass das wirklich passiert.
Hier und jetzt auf seiner Wanderung. Seine Vergangenheit ist wie weg gespült. Er sieht sich den Geist von unten bis oben an, mustert ihn intensiv. Da ist ein menschliches Äußeres und: dennoch mehr.

Er sieht an sich herunter und kann etwas sehr ähnliches erkennen. Der Geist, genauso wie er, besitzt auch Füße – auch wenn er nicht weiß, wofür sie nötig sind. Er konnte auch zuvor seinen Weg gehen, ohne zu wissen, wie man geht.

Der Geist hatte ihn ganz von seinem Stern abgelenkt. Aber da fragt er sich, was er denn eigentlich suche. Es war etwas hell Leuchtendes, fast wie Nebel, dachte er. Auch wenn er sich sogleich die Frage stellte, was Nebel eigentlich ist.

Sein Herz schmerzt wieder, wie eine tonnenschwere Last, gebunden an einen seidenen Faden, schneidend in seinem Innersten. Eine Bürde, die er sich einst selbst auferlegt hatte, fiel ihm ein. Warum, wusste er nicht. Er wollte es tragen, für jemand anderen.

Er blickt wieder von seinen Füßen auf – und sieht im Augenwinkel das Geschöpf ihm gegenüber.
Er weicht zurück, dass er fast gestolpert wäre. Und nun erkennt er es besser.

Erian erblickt einen Menschen mit einer schnee-weißen, leuchtenden Aura um sich herum, die ihn fast erblinden lässt. Gerade noch so war der Körper selbst zu sehen. Und er hört etwas. Ganz leise.

Mit dem schönsten Geräusch, dass er je gehört hat, beginnt das Licht langsam um den Körper zu fließen.

Er verstand immer noch nicht, warum er das sah. Er war doch auf der Suche nach etwas? Nach Erlösung, nach etwas, das sein Herz hätte heilen können.

Das Wesen wandelt sich: Genau so anmutig wie es aussieht, bewegt es sich. Er denkt sich, ein Mensch kann es nicht sein, denn er hatte noch nie einen leuchtenden Menschen gesehen.

Das Geschöpf, nur schwer zu erkennen, des glei-ßenden Lichtes wegen, bewegt seinen Arm ganz

langsam nach oben. Mit zusammen gekniffenen Augen versucht er verzweifelt, die Geste zu verstehen, falls er damit überhaupt gemeint war. Er sieht, wie das Wesen die eigenen Augen mit der Hand zu verdecken beginnt. Es wird sich wohl selbst geblendet haben, auf der Suche nach ... etwas anderem?
Vielleicht sucht dieses helle Wesen ja die dunkle Leere, die so hoch in Erian thront.

Er denkt an diese eigene Dunkelheit tief in sich. Er fühlt nach ihr. Und ... fühlt sie nicht mehr. In diesem plötzlich eintretenden Moment fühlt er seinen so langen Begleiter nicht mehr.

Den Gefährten, den er schon fast zum Freund gewonnen hatte. Panisch beginnt er nach ihm zu fühlen, zu suchen, aber vergebens. Sein zwangsbefreundeter Begleiter war verschwunden. Er fühlt sich nun gänzlich leer. Unfähig zu begreifen oder zu denken.
Er fühlt sich so leer, seiner Stütze beraubt. So klapprig, als müsste er jeden Moment zusammenbrechen, weil er nichts mehr von dem hat, was er einst hatte. Nur noch seinen Schmerz. Allein kann er ihn nicht tragen.

Er spürt nicht einmal sich selbst in diesem Moment. Die Hände zu einer verzweifelten und fragenden Geste in Richtung des Bodens gestreckt.

Erian sank auf die Knie und wollte schreien, wollte brüllen. Er konnte dennoch nicht einmal weinen. So erschöpft war sein Herz. Er erkannte sich selbst nicht. Nicht mehr.

Wie er sterben möchte, jetzt an diesem Ort, das wurde ihm bewusst. Einfach und schnell wollte er aus dieser Hölle entfliehen.

Kommt man hierher um zu sterben? Er hatte sich nie gefragt, wie und ob er vergehen würde – warum eigentlich? Stirbt das andere Wesen auch gerade? Werde auch ich leuchten?
Irgendetwas will aus ihm heraus, seine Augen hämmern im Schädel und sein Trommelfell droht zu zerspringen – so muss sich das Ende der Existenz anfühlen.

Und in diesem Moment, als ob ein gewaltiger Windstoß seinen Körper treffen würde, gehen sie. Sie weichen ganz plötzlich aus ihm heraus. Mit aufgewirbeltem Staub verlassen sie seinen Körper: Diese Qualen. Wie Fäden, die gezogen werden, zieht sich nichts weniger als das Leid selbst aus ihm heraus.

Langsam beginnt er sich zu fragen, ob das andere Wesen etwas damit zu tun hatte. Ob ihn das Wesen verändert, oder er selbst gerade zu dem wird, was er eine Ewigkeit lang gesucht hatte: Erlösung.

Und seine innere Leere beginnt sich zu wandeln. Zu verwandeln in etwas, was Erian niemals für möglich hielt. Den ganzen Weg, den er gegangen war, hatte er Zeit sich daran zu gewöhnen, wie kalt ihm war. Dass ihn bis in sein Herz hinein fröstelt.

Der kalte Wind, der durch sein Herz blies, war ... verschwunden. Er verwandelt sich, der Wind, in etwas anderes: langsam, aber stetig.

Er bewegt den Kopf nach unten, um an sich hinab zu sehen. Und er spürt ein Gefühl, das er lange nicht mehr kannte, und es war kein Brennen oder gar Schmerzen. Es war angenehm, fast nicht wahrzunehmen, im Vergleich zum unsäglichen Leid.

Er fühlte Wärme. So schöne Wärme. So wie Sand in einer Sanduhr hinab rasselt, so füllt sich sein Körper Korn um Korn mit Wärme. Er hatte das Gefühl, dass das andere Wesen ihn berührte, aber es stand immer noch mit einer schützenden Hand vor den Augen in einiger Entfernung.

Irgendetwas sagt ihm, dass es sein Herz ist, was so deutlich spürbar ist. Jetzt kann es in Frieden gehen, ihn verlassen – sein wunderbares Herz. Er fühlt und greift danach, aber er vermag es nicht mehr zu spüren. Es ging wirklich schnell, der Herzenstod. Der tonnenschwere Stein in seiner Brust war nicht mehr zu erspüren.

Sein Gesicht spricht von Furcht, matte und leere Augen sagen nichts. Er hat Angst, seine Last verloren zu haben. Es niemals wieder zu sehen: sein geliebtes Herz. Er beginnt erst leise zu wimmern, geht dann in lautes, aber auch leeres Greinen über.

Völlig erschrocken greift er an seine Brust, entgeistert und erschrocken, dass er erst jetzt mit der Hand danach langt. Als ob er seinen Lebenswillen verloren hätte, weinend, sein gebrochenes Herz, aber doch das einzige, das er jemals hatte.

Er windet seinen Kopf in alle Richtungen, hantiert wie ein Erblindeter auf dem Boden vor sich herum. Und er erstarrt. Erstarrt wie ein von Sonnenschein getroffenes Ungeheuer und die Welt verstummt.
Für eine Sekunde bleibt er regungslos und blickt dann an sich herunter.

Ein Moment.
Seine Augen schmerzen. Sein Kopf tut ihm weh. Und wieder leidet er, denn der Nervenreiz zieht sich bis in die Knochen. Als ob er kein Mensch wäre, so schaut er sich an. Als ob er seinen Körper nicht erkennen würde – so schaut er an sich herunter.

Sein Kopf war aber dennoch leicht. Erian konnte ihn heben und sein Gegenüber ansehen, mit ausdruckslosen Augen, weil er nichts damit hätte ausdrücken können.

Der Herzschmerz war wie weggesprengt. Klingen, die sein Herz verletzen, wie nie geschmiedet. Stricke, die ihn hängen ließen, nie vertäut. Worte, die ihn brechen würden, nie gesprochen.

Erian sieht es. Er glüht. Er glüht im hellsten Weiß, dass er jemals gesehen hatte. Er, der Leidensträger. Der Seeleningenieur, der er so oft war. Und mit einem Mal ... mit einem Mal fühlte er sich geborgen.

Weiße Strände, das türkis leuchtende Meer und eine orange, untergehende Sonne fuhren in ihn hinein. Er fühlte sich so sehr mit Gutem und Leichtigkeit gefüllt.
Er konnte dieses Gefühl beschreiben, denn er kannte es aus einem anderen Leben, von dem er aber nicht genau wusste, wann es war.

Und er will seine Hände heben. Mit seinen Armen dieses Gefühl, von immer größer werdendem Glück, fesseln. Intensiver möchte er spüren, was er so lange gesucht und endlich gefunden hatte. Jetzt, wo er sterben würde.

Von Augenblick zu Augenblick, je höher er seine Hände hält, umso besser sieht er, wie auch sie sich ändern. Seine Hände fangen an zu leuchten, bis hin zu blendendem Lila.
Es blendet ihn so sehr, dass er seine Augen schließt. Nie fühlte er sich so leicht. So einfach und leicht.

Und obwohl er die Augen schloss, blendete ihn seine strahlende glänzende Helligkeit immer noch.

Als ob er es jetzt will, kommen seine Gedanken vom Spaziergang, auf der Suche nach seinem Stern, zurück. Der Plan kehrt ganz deutlich wie klares Wasser in seinen Geist zurück. Und das Puzzle vor ihm setzt sich vorsichtig zusammen zu einer Erkenntnis.

Er wusste jetzt warum sein Herz so schwer wie Stein war. Und Erian wusste, woher er den Engel ihm gegenüber kannte. Er hat seine Augen immer noch geschlossen. Zu viel Respekt davor, was mit ihm passiert.

Er sieht sie vor sich stehen, dieses glühende Geschöpf, immer noch durch seine geschlossenen Augen blendend. Er hört Worte in seiner Reminiszenz. In seiner Erinnerung. Seine Worte.

„Warte nicht. Warte nicht auf mich. Das Licht wird deine Tränen trocknen und die Zeit wird die Wolken vertreiben."

Er sieht ein Gesicht, das Zentrum seiner Liebe, dieses göttliche Wesen vor sich, als ob sie da wäre. Sieht wie sich das Gesicht dieses Mädchens in ein groteskes makaberes Schauspiel verwandelt. Ihre Lippen beben, ihr kleines spitzes Kinn zittert, ihre

Augen werden glasig und dunkel. Makaber, wie die Seele mancher Menschen.

Die einzige Art, in der sie sich noch ausdrücken kann sind ihre Augen. Sie sprachen von Leid, Kummer und Verzweiflung und weinten bitterlich. Mehr Tränen als ein Mensch ertragen kann.

Die Erinnerung beginnt zu verblassen, sich aufzulösen, als ob man diese wie Dreck wegpusten kann. Er befürchtet, dass sein Mädchen vor ihm weg läuft, unfähig sie aufzuhalten. Er wollte das Beste für sie, immer.

Dennoch hört Erian wieder dieses wunderbare Summen, das er und die andere Präsenz ausstrahlt. Das Summen wird immer klarer, deutlicher. Der Ton nimmt verschiedene Höhen und Tiefen. Es werden Worte geformt.
Seine Augen noch immer geschlossen, lauscht er jetzt den Worten des Lichtes. Er hört zu, als ob diese schon fast musikalischen Töne nur für sein Gehör gemacht waren.

„Fürchte dich nicht" sagte eine sanfte Kinderstimme, das verstand Erian. Langsam öffnet er die Augen. Und als seine Lider den Blick wieder ein Stück weit freigaben, merkte er, dass sich etwas geformt hatte. Seine Sicht war so verschwommen, als würde er durch Wasser sehen.

Auch er erfüllte mittlerweile die ganze Umgebung mit Licht. Plötzlich begreift er, was seine Augen da gerade geformt hatten. Er spürt die Wärme der Träne, die an ihm herunterläuft und immer wärmer wird. Sie hatte schon seinen Mundwinkel erreicht, als Erian fühlte wie unerträglich heiß sie geworden war. Er verstand nicht warum, aber dennoch hatte er jetzt Angst.

Angst vor einer Träne der Erinnerung, die wieder alles Leid zurück holen könnte. Diese Träne für seine Liebe, für seinen größten Schatz. Für sein Herz, sein Glück.

Für sein Kind.

Er bemerkt dass die runde Träne das Kinn erreicht. Mit einer flüssigen und zugleich schnellen Bewegung schlägt er sie aus seinem Gesicht. Aus Angst vor neuem Leid. Genug Leid gab es schon in dieser Welt.

Eine leuchtende Murmel, eine Art heller Kugelblitz, noch heller als Erian und das Kind fällt Richtung Boden. Auf dem Weg nach unten wird diese immer heller und heller, bis sie die ganze Welt erhellt, so schien es.

Und in diesem einzigen Moment kann er die Welt um sich herum sehen. Seine Träne hatte alles für ihn beleuchtet. So kann er für einen Moment die Schönheit dieser Stadt erahnen. Aber nicht lange. Er fällt. Er fällt einfach. Er schließt seine Augen in der

Hoffnung, wieder diese Schönheit, sein Herz, sehen zu können. Er fühlt sich verantwortlich für das andere Geschöpf. Dass ihm etwas passieren könnte. Erian fällt, fällt weiter ins Unbekannte. Während er fiel, kam noch ein Puzzlestück hinzu.

Er spürt wie er am Boden aufkommt. Er fühlt etwas in seinen Rücken drücken. Wenn er überhaupt noch einen Rücken hatte, nachdem, was er jetzt geworden ist. Aber es müsste sein Rücken sein.

Doch es schmerzt nicht. Verwundert über alles Geschehene fühlt er mit seinen Händen nach dem Boden. Die Augen immer noch geschlossen.

Es war so lange her. Er fühlt Gras. Er liegt auf einer Wiese. Auf grünen und lebenden Wiesen, die für ihn mehr wert sind, als eine ganze Welt.
Er genießt es einen Moment lang und setzt sich dann mit geschlossenen Augen auf. Mit ausgestreckten Beinen und Händen, die nur aus Licht bestehen, stützt er sich nach hinten ab.

Er hörte wieder das schöne Summen des Lichts und er beginnt zu lächeln.

Aber seine Augen waren immer noch fest zugekniffen. Er stellt fest, dass er wieder mehr und mehr selbst denken kann, er wird wieder aktiver Protagonist dieses Märchens.

Und er denkt sich: „Lächerlich. War das eine Träne? War es wirklich eine? Wofür? Wo bleibt der Schmerz?" Wieso ... will er wieder fragen, als sich das schöne Summen erneut in eine Stimme verwandelt.
Und wieder spricht eine kindliche Stimme.

„Wieso? Weil du etwas verloren hast", hört er nur in seinen Gedanken. Und er begreift, dass es die Antwort auf seine Frage war. Jemand hatte sie gehört. Ohne lange nachzudenken öffnet er in dieser Sekunde die Augen.

Es ist grell. Es ist weiß und so hell, es ist so schön. Und ihm wird klar, dass er blind geworden war.

„Sieh genauer hin.", hört er jemanden sagen. Er versucht, irgendeine Stelle seines Blickfeldes genauer zu erfassen und erkennt Umrisse. Objekte. Blumen und Bäume. Ein Bild. Ein Bild vor ihm.

Er sitzt auf dieser weißen, warmen Wiese. Weiße Bäume mit weißen Blättern. Und darüber eine weiß leuchtende Sonne, an einem weißen Himmel. Aber das Schönste ist, dass sich direkt vor ihm das andere Wesen, die Seele eines Menschen, zu ihm hinunter gebeugt hatte.

Er erkennt das strahlend weiße Gesicht, als hätte er nie etwas anderes mit seinen Augen gesehen. Sein allergrößter Schatz spricht nun zu ihm. Er kennt seine Tochter nicht, hat sie nie zuvor gesehen, aber er liebt sie, vom ersten Moment an. Sie ist ein Teil von ihm.

Tief in ihrem gleißenden Gesicht kann er Augen ausmachen – Augen, die nicht das Tor zur Seele dieses Geschöpfs sind. Ihre Augen sind die Seele selbst. Feine Linien tanzen in den Augen, entfachen Zuneigung. Es ist das Schönste, was er jemals sehen wird.

Er sieht nur ihre Augen, sieht ihr Gesicht, sieht, wie sich ihr Mund bewegt, als wäre sie ein Mensch. Aber viel mächtiger. Und er weiß, er tat es ihr gleich. Sein Herz glüht. Seine Augen, seine Hände, sein ganzer Körper, einfach alles.

Das muss der Himmel sein, dachte Erian. Von der Stadt auf die Wiese – danach der Himmel.
Als er sich durch den liebevollen Blick des Engels, seines Kindes, wieder hindurch denken kann, hört er ihre Stimme ein letztes Mal.

„Dort, wo du vor einer Sekunde herkamst, kannst du nur ein Mensch sein. Musst du ein Mensch sein."

Das Licht geht aus.
Der Zeiger rückt weiter. 11.02.

In Memorium. Ich bin zurück.
Seine Geschichte, das war sie wohl. Das Fragment beginnt hell zu leuchten. Es verwandelt sich in einen Spiegel. Zu schnell, als dass ich darüber nachdenken könnte. Alles um mich herum wirkt wie vor einer Sekunde.

Schwere Last auf meiner Schulter, die schmerzt. Schmerzend wegen einer Erinnerung, die gerade lange genug her ist um keine Tränen hervorzurufen. Jetzt war sich meine Seele und mein Herz sicher. Ich habe geliebt. Alles gegeben, alles versucht.

Die Versuche, mehr in der Liebe zu sehen als das, was sie war. Ein kilometerhohes Mahnmal sollte errichtet werden, um seiner Geschichte willen. Der, der einst ich war. Als ich meinen neuen Weg suchte. Als ich das Glück wieder in mein Herz lassen wollte.

Zu erkennen, dass Menschen grausam sein können, bedarf es wenig. Aber zu erkennen, dass sie auch Gutes vermögen, verlangt mir mehr ab.

Ich will wieder an die Menschen glauben können. An das, was ich bin. Ich will nicht mehr Sklave meiner Erinnerungen sein, die ich als falsche Entscheidungen sehe. Ich will vielmehr als leuchtendes Beispiel vorangehen, will alles, was ich liebe, schützen. Will vor Dämonen schützen, die große Flügel haben, die aus Federn gemacht sind.

Dämonen und Engel, Alben und Elben, Gott und der Teufel. Nicht, dass dieser Engel von dem ich schrieb, böse wäre. Nicht, dass ich es bin. Jeder trägt beides tief in sich. Mit meinen Dämonen gehe ich spazieren, mit meinen Engeln fliege ich über die Leben unter uns. Beschütze die Menschen. Niemand ist nur Böse oder Gut – wie sollte denn offensichtlich sein was gut ist, wenn nichts Böses existiert? Und das Böse existiert sehr wohl. Es sind die Menschen, die dem Bösen eine Heimat geben.

In meiner Geschichte ist das Böse die Gleichgültigkeit. Eine Gleichgültigkeit dem Leben gegenüber, die zu Verantwortungslosigkeit führt. Die Verantwortung für ungeborenes Leben nicht zu übernehmen und zulassen, dass die Dramen des Lebens ein Stück nach ihrer Manier aufführen können. Zulassen, dass Tragödien passieren und Leben im Keim erstickt wird.

Ich habe dagegen gekämpft, geweint und verloren.

Und so nahmen mir die Dämonen Krankheit, Wut und Verzweiflung mein Kind. Ich, der Seeleningeneur, der das Leben anderer immer so positiv beeinflussen konnte, versagt bei sich selbst. Die komplexe menschliche Wahrnehmung tat ihren Rest dazu: Ängste und Hoffnungen mischten sich in die Realität und letztlich kapitulierte mein Geist. Ich landete hier.

Doch wie sollte ich einen Gewinn verstehen, wenn ich nie verloren habe? Trotzdem haben mir meine Verluste bereits gezeigt, dass ich dieses Leben nicht allmächtig beherrschen kann.

Das Konzept der Schuld ist nützlich, ja. Aber Schuld hat hier niemand. Schuld hat allein die Naivität, die mir glauben machen versuchte, Schmerz und Trauer können weggewischt werden. Getilgt werden, indem man seinen Glauben an die allmächtige Liebe darüber legt.
Nein, Schmerz und Trauer können nur dann sinnvolle Gefühle sein, wenn man sie gewähren lässt, damit sie in Erfahrung aufblühen und unser Leben verbessern können. Wenn man Schmerz und Trauer annimmt, sie zu einem Teil von sich werden lässt, damit man sie in eigene Kraft verwandeln und benutzen kann. Brände müssen auslöschen, um mit der Asche als Fundament für Neues zu dienen.

Hat die Seele meines Kindes ein Heim gefunden? Die Trauer darüber, dass ich die Wahrheit nicht kenne. Sollte man um alle Möglichkeiten der Wahrheit trauern? Sollte man um keine trauern?
Ich fühle mich verletzt. Allein deswegen, weil ich diesen Dämon, ob in mir, oder in einem anderen Geist, nicht bezwang.
Weil mir der Dämon überhaupt erst die Möglichkeit nach einer Wahrheit zu suchen, auferlegte. Weil mir der Dämon Zweifel an mir, meinem Erlebten und

meinen Gefährten auferlegte. Weil allein die Tatsache, dass Dämonen existieren, die Zwietracht sähen, schmerzt. Weil diese Dämonen neues Leben und Glück verwehren.

Was ich lerne, was ich Erfahrungen nenne, gibt mir die Möglichkeit, mein Leben zu ändern. Auch Engel und Dämonen können sich lieben. Das ist der Gegensatz der Liebe. Wachsamer werde ich sein. Nicht mehr fragen. Mich akzeptieren.
Ich gehe durch mein Memorium, nach vorne gerichtete Gedanken halten Einkehr. Ich hoffe auf eine glorreiche und glanzvolle Zukunft, in der ich nicht jeden Tag überlegen muss, was ich aus meinen Erinnerungen mitnehmen möchte. Was ich für meinen Charakter mitnehme, oder auch nicht.

Ich werde aus meinem Herzen keine Mördergrube machen. Ich werde immer ehrlich sein, die Treue des Herzens bewahren. Die Stärke meiner Seele wird weiter existieren.
Die Zeit heilt nicht alle Wunden, jedoch lehrt sie uns, mit dem Unbegreiflichen zu leben.

Ich sehe mich um, schaue umher. Ich bin allein in meinem Geist. Niemand, der versucht einzudringen. Niemand, der mich besiegen will. Niemand, der mich fallen sehen will. Vielleicht sollte ich wieder anfangen, den Menschen zu vertrauen. Sollte ich sie wieder in mein allerheiligstes, meinen Geist blicken

lassen? Ich höre ein Knacken, drehe mich nach links, ein ausgebrannter Ast. Das tote Stück Holz steckt schief im Boden, etwa eine Armlänge schaut heraus. Es glüht im Innern an manchen Stellen.
Ich bewundere das glimmende Orange und die flimmernde heiße Luft darüber.

Ich erkenne etwas, das Glühen hat mir etwas zu sagen. Ich betrachte eine unleserliche Schrift darauf, die sich verspielt zu klaren Lettern formt:

Worte allein können das Leiden nicht vermitteln.
Worte allein können nicht verhindern, dass wieder geschieht, was hier geschehen ward.
Verborgen hinter meinen Worten liegt meine Erinnerung.
Verborgen hinter der Erinnerung liegt die Erfahrung.
Verborgen hinter meiner Erfahrung liegt meine Wahrheit.
So mache ich mir diese Wahrheit zu der Stärke meiner Unsterblichkeit.

Sechstes Kapitel: Der Ausgang

Es sind uralte Katakomben mit unendlich vielen Verzweigungen. Diese Tiefe von Erfahrungen, so tief, dass der Grund nicht zu erkennen ist. Nur langsamen Schrittes vermag dies erkundet zu werden und der Schlüssel lautet Akzeptanz. Mich selbst zu akzeptieren.

Endstille macht sich breit und die letzten Lichter rufen mich. Kühle Luft strömt durch meinen Geist, und zum ersten Mal – seit Jahrhunderten – vernehme ich kostbare Klarheit. Mit jedem Atemzug nehme ich mehr und mehr Gelassenheit in mich auf. Ich werde erwachen und wieder zu alter Größe heranwachsen. Ich werde wieder auferstehen.

Angenehme Ruhe in meinem Erinnern und in mir selbst. Ich bin bei all meinen Scherben.

Und es tut sich etwas in meinem Heim. Die Sammlung meiner Erzählungen zu meinen Füßen fängt meinen Blick ein. Vereinzelte, winzige Flammen entsteigen den Kanten der Scherben, rot und gelb züngeln diese nach oben.

Die kleinen Feuersäulen wandern auf den glatten Oberflächen der Fragmente ziellos hin und her, blaue Schlieren sind zu sehen. Wärme, die nur ein Feuer erzeugen kann, steigt mir ins Gesicht und wärmt meine kalten Hände, die ich beschwörend erhebe. Die Flammen gleiten schneller, steigen höher – aber verbrennen nichts. Knistern eines Lagerfeuers, aber kein Rauch, kein Ruß, kein Geruch von verbrannten Fleisch ist zu vernehmen.

Meine Spiegelbilder verschwimmen und gehen nun ganz in dieser Flamme der Reinigung auf. Ich gehe einen Schritt nach hinten, während eine Scherbe vor mir surrend empor steigt und sich langsam dreht. Wie Eis in der Wüstensonne schmilzt diese Erinnerung und bildet einzelne Feuertropfen.

Es sind große Flocken, glühend rote Teilchen, die in der heißen Luft tanzen und mir entgegen eilen, als wären es dutzende Bienen. Hunderte, als auch die anderen aufsteigen. Unzählige Flocken kommen zu mir, umkreisen mich. Eines dieser kleinen Geschöpfe schlägt einen Haken vor meiner Brust, wechselt seine Flugbahn und saust wieder hinter mich. Einige schweben langsam vor meinen Händen, betrachten meine dreckigen Finger, wärmen meine schweren Arme.

Der Schwarm besteht mittlerweile aus tausenden Bändern, die mich einhüllen, mir mit ihrem Summen ein Lied singen. Eine edle Melodie erzählt von innerer Heilung, von schönen Momenten des Lebens. Wie ein Körperpanzer legen sich die Fäden

dicht auf meine Haut, schmeicheln mit ihrer An-
wesenheit, singend vom ehrlichen Herzen.

Wie auf Befehl weichen alle meine Freunde von mir
und schnellen vor mich, versammeln sich zu ihrem
letzten Akt. Gehen nun ihrer Bestimmung nach. Und
dann sehe ich es. Meine Augen genießen eine
goldene, strahlende Scheibe, die aussieht, als würden
Myriaden winzigster brennender Insekten noch
ihren richtigen Platz im Leben suchen. Das Summen
wird langsam leiser.

Die äußeren kleinen Stücke bilden nun einen festen
Rahmen, indem sie einfach sitzen bleiben. Ein
Fragment liegt noch auf dem Boden, ich hebe es auf.
Oben in der Mitte ist noch Platz für dieses
Monument, das einem scharfen Dreieck ähnelt. Ich
lege dieses bereits spiegelnde Fragment an die
richtige Stelle. Ich berühre das goldene Wahrzeichen
vor mir und augenblicklich gehen seine einzelnen
Bestandteile in dickes Glas über.

Vor mir kann ich nun als Ganzes einen Spiegel
erkennen. Dieser überragt meine Gestalt um gut
einen Meter und ist etwa so breit, wie ich meine
Arme ausstrecken kann. Die einzelnen Stücke sind
noch zu erkennen, schmale dunkle Risse trennen
diese noch von der Einigkeit. Auch unterhalb der
Mitte fehlt noch etwas, ich kann hindurchsehen –
sehe den düsteren Boden dahinter.

Ich versuche mich nicht zu betrachten, während ich immer zwei der ehemaligen Fragmente im Rahmen berühre und fest aneinander schiebe. Als ich sehe wie sich die Risse auflösen, manifestiert sich in mir ein immer schöner werdendes und deutlicheres Gefühl.

Das Bild vor mir verschwimmt leicht und unter dem Geräusch von wachsendem Glas verbinden sich immer mehr der Teile. Lächelnd beobachte ich, was mein Geist hier vollbringt. Immer mehr Licht wird von dem Gebilde vor mir reflektiert, bis es fast blendet – so hell leuchtet mein Körper mittlerweile. So hell, dass alle anderen Farben wie schwarz erscheinen.

Ich greife mit beiden Händen nach den Rahmen des Spiegels vor mir, umfasse das silberne Gerüst und mache eine Entdeckung. Der so wunderbar geformte Spiegel steht auf nur einer Kante, so schön getragen durch diesen Ort und gehalten von meiner Macht. An einer Stelle ist dennoch ein Loch, das ich noch zu schließen versprochen habe. Ich beobachte mich nicht in diesem Zerrspiegel. Zuerst möchte ich alle Stücke zusammentragen.

Schnellen Schrittes eile ich durch die Weite dieses Heims. Was mich wohl erwarten mag, wenn ich mich selbst sehe, das frage ich mich. Wo und wie alles enden wird frage ich mich.

Was mir mein Leben bringen mag. Ob ich wieder durch wärmende Märchenwälder fliege und kindliche Abenteuer erlebe.

Ob ich mich jemals wieder sicher fühlen werde, wenn ich mich im weichen Moos bette, die Augen schließe und diese Welt verlasse. Ob mich Feen sanft umarmen, meine Seele küssen und das Kind in mir niemals verlassen werden.

Aus diesen Gedanken gerissen werde ich, als sich ein Schmerz in meinem linken nackten Fuß bemerkbar macht. Unfähig weiter zu denken, beginnt der Ort sich um mich herum zu verändern, zu bewegen, zu drehen. Und mit einem Augenblick sehe ich nicht mehr den bewundernswert verzierten Himmel. Im nächsten Moment erkenne ich, dass der Boden immer näher kommt.

Meine Seite schmerzt. Mein Kopf. Ich muss wohl gestürzt sein. Ich liege auf dem Boden. Jetzt endgültig voller Staub und Schmutz. Wobei ich dieses Gefühl angenehmer finde, als ich es mir vorgestellt hatte.

Ich war wohl zu schnell unterwegs. Ich lächle, als ich Dankbarkeit empfinde, dass ich erst jetzt über meine eigenen Füße gestolpert bin.

Eigentlich ein gutes Zeichen.

Langsam raffe ich mich auf, klopfe ein wenig Staub von meinen Schultern und meinen Händen.

Ich gehe den Rest. Ich sollte vorsichtiger sein, mich nicht selbst über den Haufen rennen. Nicht, wenn ich schon so weit gekommen war; Auch wenn mir noch nicht ganz klar ist, welchem Ziel ich eigentlich näher gekommen bin.

Das letzte Stück, ich sehe es. Langsam sinke ich auf die Knie, um auch diesem Andenken meinen Tribut zu zollen. Ehrfürchtig ziehe ich es unter dem Staub hervor. Es ist klein und müsste auch das letzte fehlende Stück sein, denke ich und befreie es von seinem Ballast. Ich sehe in das fehlende Fragment hinein.

Ich sehe Menschen. Gesichter, die ich einst kannte. Sehe Menschen, die ich jetzt nicht mehr kenne. Es sind alte Freunde, meinem Leben längst entschwunden.

Menschen, in denen ich mich getäuscht habe. Fratzen schneiden sie, als ob sie mich auslachen, weil ich auf sie hereingefallen bin. Menschen, die sich schlussendlich am Leid anderer erfreuten um ihre eigene trauernde Existenz zu rechtfertigen.

Ihre schneidenden Blicke suchen die Seele hinter meinen Augen. Ihre Mienen zeigen eine wahnsinnige Hast und Panik mich nicht unterwerfen zu können. Immer schneller huschen sie über mein Gesicht, versuchen in meinen Geist einzudringen. Warten auf den einen Moment der Schwäche, um meine Standhaftigkeit zu brechen.

Ich betrachte das Spielchen dieser drei Handlanger, stelle mich auf einen Angriff ein. Versuche, dabei ruhig abzuschätzen, welches Gesicht zuerst herausspringt.

Das Konstrukt aus Abneigung verändert sich: Die Gesichter vor mir werden schmäler, ihre Ausdrücke sind von der Schnelligkeit der Bewegungen verschwommen und zeichnen Schlieren ab. Gegenüber dieser Geschichtstafel, tief in meinem Inneren, ist eine Emotion zu einer festen Barriere geworden. Dieser Wall aus Frieden und Entspannung umrundet das Allerheiligste in mir. Ich spüre nach dieser Schutzmauer, ertaste sie und werfe alles zurück in das Bild vor mir.

Wie verführerisch Schadenfreude doch ist – Ein kurzes Lächeln entspringt meinen Mundwinkeln.
Wie sehr ich versucht habe, das Gute in ihnen zu sehen. Wie ich jetzt merke, wie ich sie als die kleinen Böswilligkeiten abstemple, die diese Welt braucht. Notwendig nur für die eigene Bedeutung, das eigene Ego, das Gefühl, besser sein zu müssen. Lächerlich kommt es mir nun vor.

Das Fragment leuchtet hell auf und gibt ein scharfes Bild meiner Augen frei. Traurigkeit und Beständigkeit machen sich breit. Verständnis darüber, dass es keine Konstanten im Leben gibt, nicht einmal Freundschaft. Dies habe ich bereits gelernt, und dennoch werde ich mein Vertrauen wieder in die Menschen legen. Wo würde denn sonst der Spaß bleiben? Dieses Risiko muss ich wieder eingehen.

Als ich mich erhebe, schneide ich mich wieder an der Kante des Fragments. Wieder mal typisch. Wie war das doch gleich mit der Eile?

Als ich zurück zu meinem Kunstwerk stapfe, macht sich ein dummes verschmitztes Lächeln breit und lässt mich kurz auflachen. Wohl das erste Lachen seitdem ich hier angekommen bin.

Wie unheimlich humorvoll diese Szene auszusehen vermag, versuche ich mir nicht vorzustellen. Jede Regung meines Gesichtes könnte mich eine Narbe kosten. Ich ziehe die scharfe Seite des Fragments über meine rechte Wange bin hin zum Ohr. Vorsichtig, bis zu meinem Kieferknochen hoch, setze in der Mitte des Halses an und ziehe es nach oben.

Das unangenehme Gefühl, das wohl daher rührt, dass es doch sehr trocken ist. Allerdings fast unbemerkbar angesichts dessen, dass ich mein Lachen unterdrücken muss.
Jetzt wo ich in der Stimmung dazu bin. Prüfend senke ich das scharfe Fragment, betrachte mein Werk in meinem Spiegel, und fahre auf der anderen Seite des Gesichtes fort.

Als ich fertig bin, fühle ich mit den Fingerspitzen nach. Prüfe, ob sich mein Gesicht – das mittlerweile fast nett aussieht – auch anfühlt, wie es aussieht. Triumphierend über die Menschen, die ich in diesem Fragment sah, grinse ich fast genauso, wie sie es taten.

Besorgt und zugleich gleichzeitig froh darüber, dass ich etwas erschaffen habe, mustere ich das weiß glühende Gebilde vor mir – ich bin am Ziel. Jedoch glotze ich nicht unachtsam hinein. Ich konzentriere mich auf das Fragment in meiner Hand, ertaste seine Größe genau. Die Zeit ist gekommen, alles für diesen Moment: Das Zusammensetzen der Bruchstücke. Diese Fragmente, die meinen Geist bedeuten, diese Scherben, die meine Seele darstellen. Die Asche, die mein Herz ist.

Ich versuche mir den genauen Platz des letzten Spalts vor mir einzuprägen und schließe die Augen. Ich atme tief durch. Sammle alle Lächeln der letzten Stunden und fülle meinen Geist damit. Und ich setzte das Fragment zielgenau ein.

Nicht mutig genug die Augen zu öffnen, vernehme ich ein Vibrieren, das zu einem leichten Rütteln übergeht. Spüre die beißende Helligkeit durch die Augenlider in meinen Schädel hinein.
Geräusche, Rauschen, Klänge der ganzen Welt. Ich höre Lachen, höre Weinen, höre Streit, höre Liebes-

geflüster, höre Vögel singen, höre Gras wachsen. Höre Schmetterlinge fliegen.

Ich schlage meine Augen auf. Alles verstummt. Das Leuchten ist verklungen zu schummrigem Kerzenschein. Nichts mehr zu sehen, nur mich selbst, stehend vor dem Spiegel. „Nein!" schreit es laut aus meiner Kehle – mein Blick schweift gen Boden. „Nein, das ist nicht möglich!", plärrt es aus mir. Angesichts des toten Spiegels wird alle meine Hoffnung niedergemäht. Alles für diesen Moment, was sollte das alles?

„Wieso nur ist alles so schwer für mich? Wie kann ich diese Welt wieder verlassen?" hallt es aus meinem Memorium. Es ist so unerträglich schwer. Doch bevor ich weiter in Selbstmitleid versinken kann: Ein grauenhaftes Kreischen schneidet sich in meine Gedanken, weitet meine Pupillen und belegt meinen Körper mit einem Eishauch.

Meine Augen starren schmerzend geweitet ins Unbekannte. Ich sehe in meiner Vorstellung eine Bestie, die solch einen Schrei von sich geben mag. Ein zweites Mal, lauter – näher als vorher.

Ich richte mich nur langsam auf, denn Panik lässt mich zögern. Das Kreischen schickt eine Apathie voraus, die versucht mich zu übernehmen. Ich frage mich, was ich tun soll. Suche nach einem Ausweg, nach einer Erklärung in meinem Kopf. Ich drehe mich um. Noch ein Brüllen, noch näher als das letzte. Nur noch wenige Sekunden, sagt mir mein siebter Sinn. Ich kann nichts erkennen, das Licht der Dunkelheit verschlingt alles. Dennoch spüre ich diese Präsenz genau – Moment, es sind zwei.

Geistesgegenwärtiger, als ich es für möglich hielt, sprinte ich in Richtung des großen, nicht weit entfernt liegenden Holzschildes. Was mögen dies für Kreaturen sein? Wieso erst jetzt?

Mit einem mehr oder weniger gekonnten Salto erreiche ich den Wappenschild, das Geräusch der näher kommenden Bestien im Nacken. Gerade noch so berühren meine Finger mein Ziel, wollen es greifen, als ich darüber hinweg stolpere.

Ich reiße meine Verteidigung herum, und ich sehe sie, als sie den Bereich betreten, der von mir selbst erleuchtet wird. Die erste Kreatur, die hinter einer der Ruinen hervorstürmt, trifft meinen Blick, schlägt einen Haken und rutscht dabei mit den Hinterbeinen weg. Die zweite ist schlauer und macht einen Bogen um seinen Kameraden, der die Zähne fletscht. Dieses Etwas sprintet aus dem Rand der Schatten auf mich zu und gibt sich deutlicher zu erkennen. Alle Gedanken weichen, alle Gefühle unterdrückt, ich konzentriere mich – richte meine Aufmerksamkeit voll und ganz auf das Ungetüm.

Vier kurze, behaarte Beine und eine lang gezogene, gebeugte Wirbelsäule. Das Monster bewegt sich wie ein kranker Hund.

Und es bewegt seinen wuchtigen Körper sehr schnell weiter auf mich zu. Massiv und kräftig, groß wie ein Bär erscheint es mir, allerdings mit einer eher eingefallenen als spitzen Schnauze.

Dunkelrotes Fell ziert die Kreatur, mit einer prächtigen Mähne, so lang wie meine Beine. Die langen herausstehenden Eckzähne sind sicherlich ellenlang und offensichtlich nur für meinen Körper gemacht.

Ich gehe leicht in die Knie und halte meinen Beschützer aus Holz schräg vor mich. Endlich habe ich auch die rechte Hand in die dafür vorgesehene Halterung gebracht.

Fest umschließe ich den in meiner Hand liegenden Ledergriff und keuche vor Anspannung. Die Beste ist noch knapp drei Meter von mir entfernt, auf mich zu rasend, als wäre sie dafür geboren worden.

Die Beste brüllt ein letztes Mal. Mein Herz hört auf zu schlagen. Ich brülle zurück, zeige meine eigenen Zähne, die wie Kinderspielzeug aussehen müssen.

Der Höllenhund geht tiefer, senkt seine Vorderläufe, er setzt an. Nur meinen Kopf kann er sehen – und das Vieh springt.

Ich verzehre mich nach allen Fasern meines Körpers, gehe in diese hinein und lasse den Schild hochschnellen. Benutze alle Kraft, die ich bieten kann – stelle mich der Wucht des Kolosses und bereite mich auf berstendes Holz und brechende Knochen vor.

Mit einem brachialen Schlag bricht mein Schutz auseinander. Schneidender Schmerz auf Höhe der Brust. Meine Arme und das Holz prallen gegen meinen Oberkörper. Ich möchte dem Tod ins Auge blicken, öffne meine Lider und ein groteskes Schauspiel legt sich mir dar.

Anstatt meines Untergangs sehe ich nur die Bestie. Wie sie auf eine der Ruinen zufliegt und darin krachend versinkt. Dann das Donnern des Aufschlags, Staub und die Erkenntnis meines Überlebens. Lauthalses Blöken, als das Tier regungslos in der Asche und den Steinen versinkt, darbende Worte eines Dämons. Ich senke meinen Schild getroffen. Meine Sicht verschwimmt ins Dunkel, die Welt dreht sich.

Ein lautes Bellen irgendwo, das andere Monster. Unmöglich den Schild noch zu halten, lasse ich es los. Krachend fällt es auf den Boden und teilt sich in zwei Stücke. Ein letzter trauernder Blick dorthin fängt meine drehende Bewegung auf. Danach ein Knurren in meinen Hallen, das mich erbeben lässt.

Klarheit fließt in meinen dröhnenden Schädel, ich hoffe auf mein Überleben.

Aus dem Augenwinkel heraus vermute ich, gleich dem Anführer der beiden gegenüber zu stehen. Dieser ist weitaus größer und mächtiger, als das erste Ungeheuer.

Mit aller Anstrengung erhebe ich mich langsam, die Kreatur beobachtet mich, gewährt mir die Ehre aufzustehen. Sie ist zu meiner Linken, rührt sich aber immer noch nicht. Obwohl vor Angst gelähmt, beginnt mein Herz wieder zu schlagen, füllt meine Adern mit Zuversicht. Aber es ist sein Schnauben, das jetzt die ganze Luft dieser Unterwelt meines Herzens vibrieren lässt.

Langsam drehe ich den Kopf in seine Richtung und lasse meinen Blick hinterher schweifen, bis ich dieses Ding direkt ansehe.

Augen, so groß wie meine Faust, vollkommen überproportioniert, schauen mich fordernd an.

So hässlich, dass ich keine Seele darin finden mochte, würde ich nach einer suchen.

Trüb, gelblich, hervorstehend – zwei verrottete Früchte über dem breiten Schlund, der mit vielen dolchgroßen Zähnen bewaffnet ist.

Speichel an den monströsen Hauern, der lange Fäden bildet und langsam daran herunter tropft.

Das Ungetüm ist doch weiter entfernt, als ich dachte. Es zögert, wie ich, kneift die Augen unter der scharlachrot schimmernden Pracht zusammen.

Immer angestrengter drückt es seine Hinterläufe in den Boden meiner Welt. Zögert immer offensichtlicher. Unfähig zu verstehen, vermute ich doch den Grund dafür zu kennen.

Dieser widerliche Dämon war wohl etwas empfindlich. Wenn ich es gewusst hätte, hätte ich meinen Schild gar nicht erst vor mich gehoben. Also drehe ich nun auch meinen immer noch keuchenden Oberkörper in die Richtung meines neuen Bekannten. Ein Quieken ist zu hören, das fast jämmerlich klingen würde, wäre es nicht so laut, dass meine Sinne noch mehr protestierten.

Ich entfalte meinen Körper nun ganz und mache ich mich so groß, wie es mir irgendwie möglich ist.
Im Licht meiner Selbst kann ich nun den krassen Gegensatz seiner Erscheinung ausmachen. Zum einen der schöne Pelz, der wie Magma über seinen Körper zu fließen scheint, zum anderen zeigt das abartige Gesicht Emotionen.
Sichtlich verärgert, aber nicht außer Gefecht gesetzt, tritt er einen Schritt zurück, weicht meinem glühenden Weiß.
Er weicht meinem Willen. Unverständlicherweise bekomme ich Angst um meinen zerbrechlichen

Spiegel, der nur unweit entfernt steht. Ich möchte schützen, was ich mir mit Tränen und Schweiß erarbeitet habe.

„Bis hierhin und nicht weiter", murmle ich, flüstere ich, als ich alle Muskeln strecke.
„Bis hierhin und nicht weiter", sage ich, schreie ich, als ich alle Kraft sammle.
„Bis hierhin und nicht weiter", brülle ich und breche damit seinen Auftrag.

Meine Stimme verhallt in den Weiten und klärt meine Gedanken.
Während der Dämon wohl immer noch überlegt, ob er mich doch angreifen soll, ist ein leiser Klang zu hören. Einen hohlen Ton, den ich nicht zuordnen kann.
Vorsichtig erkunde ich mein Umfeld – und sehe rechter Hand etwas am Boden. Ein blauer Blitz, zuckend, nach mir rufend.
Unter dem Haufen Schutt, wo die Spiegelfetzen lagen, muss die Quelle des Elmsfeuers sein.

Seinen Denkvorgang offensichtlich abgeschlossen, beugt sich das Untier leicht und setzt zum Sprint an. Ohne es weiter zu beobachten laufe ich los. Meinen gestauchten Arm mit dem anderen haltend. Ich höre das besessene Vieh hinter mir, als ich mich nur auf mein Ziel konzentriere. Mein Herz schlägt schneller, meine Füße laufen schneller als ich denken kann.

Ein weiteres Brüllen hallt durch mein Memorium. Ich benutze meinen ganzen Schwung und werfe mich zu Boden, in der Hoffnung, dass mein mittlerweile ausgestreckter Arm eine Waffe ergreifen mag.

Mit einem erschütternden Gefühl am ganzen Körper liege ich auf dem Boden. Meine linke Hand hat sich tief in den Staub gegraben. Ohne zu wissen was ich tue, fuchtle ich mit der Hand im Dreck herum und ergreife etwas. In dem Moment, als die Bestie über ihrer Beute zum Stehen kommt und das Maul aufreißt, schließen sich meine Finger.

Die Luft vibriert, schrecklich klingendes Atmen und Blutdurst sind auszumachen. Die Luft um die Bestie flimmert, es ist sengend heiß.
Schweißperlen rinnen an meinem zitternden Körper herab, aber ich habe nun etwas in der Hand. Ich ziehe es heraus, werfe mich unter der Kreatur auf den Rücken und reiße es schützend vor mich. Die Bestie sieht mir in die Augen und ich erkenne sie. Sie ist die Furcht selbst.

Ein lautes Heulen und ein noch lauteres Dröhnen dringen in meinen Schädel ein. Dröhnen, wie geschaffen von einer archaischen Orgel, lauter als alles andere dieser Welt, kommt vom Firmament herab. Das Vibrieren in der heißen Luft nimmt ab, der Dämon weicht zurück.

Etwas überwältigend helles, blau leuchtendes liegt fest umklammert in meiner Rechten. Es dröhnt lauter, als ich es erspüren mag. Mit überwältigender Leichtigkeit hebe ich es schützend vor mich, beobachte aber nur meinen Feind. Wie im Traum hoffe ich, dass es einfach funktioniert – denn ich verstehe nicht, was ich da in der Hand halte.

Die Bestie weicht immer weiter und ich richte mich, so gut ich kann ohne stützende Hände auf. Mein Körper schwingt mit der Bewegung der Masse zwischen meinen Fingern. Ich stehe vorsichtig auf und setze meine Waffe ein.

Schritt für Schritt treibe ich den knurrenden Dämon in Richtung seines Kameraden, der sich immer noch nicht erholt hat. Seinen Kopf hin und her werfend versucht er, dem hellen Licht aus meiner Hand zu entgehen, während er Schritt um Schritt zurück tapst. Das Dröhnen droht mein Trommelfell zu sprengen, allerdings es ist mir auf eine Art und Weise irgendwie vertraut – ich gehe weiter voran. Meinen Fingern entgleitet etwas, langsam gleitet es zu Boden – aber ich beachte es kaum, ich richte das Licht weiter auf den Feuerdämon.

Ein Gedanke formt sich: Vielleicht haben diese beiden mein Heim niedergebrannt. Bei dem anderen angekommen, vernimmt der bereits gefallene Teufel wohl den Ärger meines Lichtsklaven und beginnt sich aufzuraffen.

Geschlagen und ohne aggressive Tendenzen an den Tag zu legen schiebt sich das kleinere Monster aus dem Licht. Wartend auf meine Bestrafung weichen beide immer wieder dem Licht aus, indem sie ihren Körper hin und her wenden. Sichtlich leidend jaulen sie mich an und weichen weiter – was allerdings unter der dröhnenden Darbietung meines Heims verstummt. Bei jedem, der jetzt schneller werdenden Paukenschlägen brechen die Höllenhunde kurz ein, gehen aber weiter.

Der Gedanke an Rache kommt in mir auf. Diese Wesen mit einem einzigen Zucken meines Geistes aus dem Dasein zu schleudern. Nie wieder ihre Gesichter und Emotionen sehen zu müssen. Ein Exempel an ihnen zu statuieren. Ihre Gesichter zermalmen ... dennoch tue ich es nicht.

Lieber kenne ich meine Dämonen, als dass neue geboren werden, die ich erst wieder zu beherrschen vermag. Mitgefühl kommt in mir auf.

Mein Reich, mein Geist, mein Memorium, verkünde ich, als ich die Waffe senke. Der aufmüpfige von beiden, der nun zu knurren aufgehört hat, senkt sein Haupt. Unmissverständlich unterwerfen sich nun beide. Eine Verbeugung, wenn auch widerwillig. Nach einigen Momenten heben sie ihre Köpfe wieder, ein letztes Mal zeigen sie ihre Fratzen und taumeln zurück in die Schatten.

Beide Dämonen verschwinden wieder in den Tiefen meines Geistes. Ich verfolge sie nicht, ich kenne sie jetzt. Ich weiß nun, wie ich gegen Sie aufbegehren kann und: Wie ich siegen kann. Ich lasse sie ziehen, denn sie werden meine Erinnerungen bewachen. Erleichtert atme ich tief auf, senke meine Schultern.

Eines hatte ich ebenfalls vergessen: Ich werde immer stärker als meine Dämonen sein, denn ich habe sie erschaffen und bin ihr Meister.

Ich schaue auf meine Hand, und gebe meinen soeben gefunden Schatz frei. Das Dröhnen von oben wird erträglicher, die Helligkeit in meiner Hand nimmt pulsierend ab. In einem langsamen Takt leuchtet mein Fundstück immer wieder hell auf und wird dann langsam dunkel.

Das blaue Knäuel zwischen meinen Fingern ent-puppt sich als etwas Wunderbares: Ich halte etwa ein Dutzend, kleine und längliche Funken in der Hand. Einige fühlen sich weich an, andere sind eher borstig und hart. Einer hat einen, einige Zentimeter langen, stabilen Kiel. Eine anderer zeigt einen dicken, aber fast hohlen Halm.

Alle haben unterschiedliche Muster, die sich durch mehr oder weniger starke dunkelblaue Linien her-vorheben. Die meisten haben konzentrische, breite Kreise, andere in sich wirbelnde Linien.

Niemals zuvor habe ich die Pracht, die Federn haben können, so wahrgenommen.

Ich drehe mich herum, hebe die im Kampf heruntergefallene Feder auf und gebe sie dazu. Diese hat übereinander liegende, wellenartige Verzierungen, vielleicht eine uralte Sprache, bestehend aus Kreisen. Doch ich kann sie nicht lesen und gebe mich damit zufrieden. Mit meinem Schatz gehe ich zu dem Haufen Asche, aus dem ich das Büschel Federn gezogen habe, und gehe in die Hocke. Mit archäologischer Behutsamkeit streife ich den Dreck davon und betrachte die restlichen tausend Federn, die hier begraben lagen. Ich betrachte das leuchtende Wunder vor mir und lege die anderen dann einfach dazu.

Davon hatte ich mich wohl getrennt. Habe das Band zu dieser Macht selbst durchtrennt, habe mich davon abgelöst. Habe sie zu Grabe getragen. Nun lasse ich sie das werden, was sie werden sollen. Ich lasse sie gewähren und gestatte ihnen, sich zu verwandeln.

Ich blicke auf, schaue zu meinem Spiegel. Mein Werk war verschont geblieben, wie schön. Ohne auch nur einen Blick zurück zu werfen gehe ich genau darauf zu. Ich spüre, wie sich all meine Glieder entspannen und Zuversicht in mein Herz strömt. Das Dröhnende über mir ist in ein anmutiges Lied übergegangen.

Der Gesang von Walküren trägt mich meine letzten Meter, lässt mich fast schweben. Mein Rücken kribbelt, meine Muskeln tanzen kaum merklich.

Die dunkelsten Nächte, die hellsten Tage,
die gewaltigsten Flügel, die mächtigsten Hörner, habe
ich gesehen.
Doch müde Augen sehen so viel weniger. Erkennen die
Energien nicht, die mit jedem Atemzug in mich
strömen.

Mit jedem Schritt kehren mehr und mehr meiner Sinne zurück, die ich verloren glaubte.
Mit jedem Schritt spüre ich mehr mein Leben, meinen Körper, meine Umwelt und meine Kraft.

Die Federn hinter mir haben etwas Neues geformt, ich spüre es. Das eisblaue Leuchten ist erloschen, es wird dunkler in meinem Memorium – die Lichter gehen aus.
Die Poren meiner Haut lassen kein Licht mehr nach außen dringen, ich leuchte nur noch für mich selbst. Das Glas des Spiegels spendet ein wenig Helligkeit und weist mir den letzten Schritt. Es ist jetzt ganz still geworden.

Ich sehe ein Gesicht. Das Gesicht, das ich so sehr verfluchte. Das Gesicht, das mich so erfreut.
Ohne Leid, ohne Schmerz, vor allem ohne Zorn und ohne Misstrauen sehe ich mich an. Ich sehe Freude

sowie Neugierde, sehe Vorsicht aber auch Anmut. Ich sehe meinen reinen Körper, ohne Schmutz, ohne Staub. Blanke Muskeln, harte Linien und ein kantiges Gesicht. Ich sehe meine dicken Brauen, eine Nase, die einst gebrochen ward. Aber ich sehe noch etwas anderes, einen Teil von mir, den ich vor Äonen abgetrennt.

Ich sehe meine Flügel. Meine gewaltigen Flügel. Als ob ich es nie verlernt hätte, schlage sie auf. Ein Lufthauch strömt über meine Schultern und bahnt sich als Wind durch meine Hallen meiner Erinnerung.

Ein letztes Mal sehe ich hinein und mein Spiegelbild verzerrt sich. Der Spiegel fängt flüssiges Feuer und glüht auf. Das Konstrukt offenbart sich:
Es ist ein Portal.

Soviel Grün. Eine smaragdene Wiese. Meine grüne Welt. Ich sehe alte Marmorsteine, getaucht in funkelndes und wärmendes Sonnenlicht. Ich spüre die Wärme der Jahrhunderte und fühle ein Leben, das so wertvoll ist.

Ich blicke in die Sonne und erkenne meinen eigenen Wert, die Liebe zur mir selbst. Wenngleich ich es niemals für möglich hielt, spüre ich Zufriedenheit aufkommen, die den Nebel in mir endgültig aufbricht.

Klare und blumige Luft, die aus dem Portal kommt, strömt über mein Gesicht, umspielt einzelne Haare. Ich atme tief ein, schließe die Augen. Mit jeder Sekunde fließt mehr und mehr Macht eines Titanen gleich in meine Muskeln, meine Venen, in meine Seele.

Und ich fühle was ich bin. Nicht was ich war, nicht was ich werde. Das Beste von allem.

Endlich weiß ich wer ich bin. Begreife was ich bin. Ich bin erlöst und mein Leben kann wieder beginnen. Diese Reise, dieses Abenteuer und seine Unholde werden nicht in Vergessenheit geraten.

Mal sehen wie scharf der Zahn der Zeit diesmal sein wird. Ich trete hindurch.

In Furcht und Hoffnung.

Epilog

Und gar sehe ich unter mir diesen Boden. Risse im Asphalt, in alle Richtungen. Gerade eben bin ich aufgeschlagen und von der Sonne herabgestiegen. Meine mächtigen Flügel zusammenfaltend diese Welt wieder betreten. Nicht jeder erkennt, was ich bin, meine Kraft. Und doch habe ich das Gefühl – es atmet mich fast ein – zu Hause zu sein.

Mein Geist herrscht. Meine Weisheit, mehr als ich jemals wollte, macht mich stark.
Denn nur die Angst, die ich mit mir nehme, kann mich besiegen. Und die Dinge, die Menschen, die Seelen bei denen ich Angst habe sie zu verlieren, diese Leben werde ich verlieren.

Niemals wieder hätte ich dies auszusprechen vermocht und dennoch ist dies meine Wahrheit. Mein Leben wieder zu lieben, mehr als jemals zuvor in diesem Zeitalter. Denn es ist Verbundenheit, die mich aufhorchen lässt – hören die Liebe.

Ich höre ihr zu, meine Augen mittlerweile geöffnet, den langen Seelenschlaf des Memoriums vergessen.

Es ist nicht mein Bestreben, all die Menschen wieder daran zu erinnern, was sie sein könnten – wenn sie nur wollten.

Sondern einzig und allein die Gesamtheit der Schönheit, die sich vor mir auftut. Berühren möchte ich sie.

Ich sehe sie an. Das Lächeln in meinem Gesicht ist immer noch präsent und meine Gefühle sind es ebenso. Kein „Lebe wohl, Liebste". Denn ich weiß, dass uns mehr als dieses Gefühl verbindet – und das macht mich glücklicher als vieles andere. Keine Worte sind nötig um zu wissen, dass ich zu ihr gehöre. Dass ich nicht für sie da bin, sondern, dass wir hier zusammen existieren. Dennoch ist mein Schicksal nicht zu vergessen.

Meine Lippen lösen sich. Meine Augen öffnen sich. Mein Geist erkennt das Leben. Mein Herz sieht sich selbst.
Und so nehme ich das Leben das mir geschenkt ward wieder in meine Hand, ohne Erinnerungen an die einst brennende Vergangenheit. In Erinnerung an mich selbst. Und so senkt sich mein Arm, der gerade noch mein Glück umschlossen. Ein Blick. Augen die so viel sehen, wie ich verstehen mag.

Der Arm. Er füllt sich mit heißem Blut. Er beginnt zu pochen, ganz gleich was mich erwarten mag in dieser Stadt. Der Nebel hatte sich bereits gelöst – durch meine schärfer werdenden Sinne. Mein Blick gleicht dem Boden, auf die nasse zerrissene Straße, meine Gefühle mehr als Realität in dieser Welt.

Die Kraft fließt in meinen irdischen Rahmen, sie durchströmt jedes Glied meines Körpers.

Meine Augenlider fallen nach unten. Jede Zelle meiner Muskeln spannt sich an, bereit auf die Welt, die nur zu oft kälter als das Vergangene.

Meine Lunge ächzt, mein Körper zittert vor Magie. Leben erfüllt meine Schwingen, die sich gerade wie ein Fächer hinter mir ausbreiten. Ein Gefühl von brennender Leidenschaft überkommt mich, als diese engelsgleichen Flügel den Horizont umarmen. Und genau das ist ihr Gefühl.

Ich hatte meinen Segen.

Wind, der Bäume entwurzeln und Berge versetzen mag, peitscht über die ganze Straße. Stahl und Stein spüren diese Macht – sie auch. Aber ihr Haar bleibt unberührt, als denn Windstille herrschen würde.

Denn sie steht unter meinem Schutz. Die Augen so weit, wie meinen Geist geöffnet, schnelle ich gen Himmel und die Gefühle wandeln sich.

Die schützende Aura um sie herum mag sie jetzt beschützen, aber wie lange noch? Kann ich denn leben meine Bestimmung? Ich fürchte meine Emotionen, denn sie waren meine Dämonen. Sie waren es einst, als ich Mensch war.

Ich bin Erian, meine Arme sind nach oben gestählt. Meine Flügel das Licht der untergehenden Sonne verdunkelnd.

Ende

Eventuelle Ähnlichkeiten mit real existierenden Personen sind nicht beabsichtigt.